獅子身中の虫

あっぱれ毬谷慎十郎㊂

坂岡 真

時代小説文庫

角川春樹事務所

目次

白雨《しらさめ》の刺客　9
宿敵　100
獅子身中《しししんちゅう》の虫《むし》　203
解説　大矢博子　322

不忍池
浅草寺
丹波道場
(池之端無縁坂下)
弁天堂
吾妻橋
5
湯島天神
8 7
蔵前
神田川
神田明神
浅草御門
柳橋
10
回向院
11★
昌平橋
3 4★
12
田安御門
両国橋
江戸城
新大橋
日本橋
大川(隅田川)
龍野藩上屋敷
(和田倉門外)
桜田御門
京橋
深川
2★
鉄炮洲稲荷
虎之御門
築地
石川島
佃島
龍野藩下屋敷
(芝口)
増上寺

毬谷慎十郎 道場破りの道

❶長沼道場（虎ノ門・江戸見坂）
直心影流

❷士学館（京橋・蜊河岸）★
鏡心明智流

❸直井道場（神田・お玉ヶ池）
柳剛流

❹玄武館（神田・お玉ヶ池）★
北辰一刀流。館長・千葉周作。

❺井上道場（下谷・車坂）
直心影流

❻池田道場（牛込・筑土八幡）
無敵流

❼伊庭道場（上野・御徒町）
心形刀流

❽中西道場（下谷・練塀小路）
中西派一刀流

❾鈴木道場（麴町・六番町）
無念流

❿鵜殿道場（神田・駿河台）
小野派一刀流

⓫練兵館（九段下・俎板橋）★
神道無念流。館長・斎藤弥九郎。

⓬男谷道場（本所・亀沢町）
直心影流総帥・男谷精一郎信友がいる。

★……江戸三大道場

主な登場人物紹介

❖毬谷慎十郎　まりや・しんじゅうろう

父に勘当され、播州龍野藩を飛び出し江戸へ出てきて道場破りを繰り返す。若さ溢れながらも剛毅で飾り気がなく、虎のような猛々しさを持つ男。

❖咲　さき

双親を幼い頃に亡くし、祖父に育てられた。負けん気が強く、剣に長けている。神道無念流の館長・斎藤弥九郎に頼まれ出稽古に出るほどの腕前を持つ。

❖丹波一徹　たんば・いってつ

丹波道場の主。かつて御三家の剣術指南役を務めたほどの剣客で、孫娘の咲に剣を教えた。今は隠居生活を送っている。

❖脇坂中務大輔安董　わきさか・なかつかさたいふ・やすただ

幕政を与る江戸城本丸老中。播州龍野藩の藩主であり、世情の不安を取りのぞくべく陰で動いている。

❖赤松豪右衛門　あかまつ・ごうえもん

龍野藩江戸家老。藩主安董の命を受け、慎十郎を陰の刺客として働かせようとしている。

❖静乃　しずの

豪右衛門の孫娘。慎十郎に想いを寄せるが、彼の粗暴さゆえに祖父に反対され気持ちを閉ざした。

❖石動友之進　いするぎ・とものしん

横目付。足軽の家に生まれながらも剣の技倆を認められ、江戸家老直属の用人に抜擢された。慎十郎とは、幼い頃より毬谷道場でしのぎを削った仲である。

獅子身中の虫

あっぱれ毬谷慎十郎〈三〉

白雨《しらさめ》の刺客

一

まるで、竹林のなかにいるようだ。

麻布《あざぶ》の仙台坂《せんだいざか》をくだって渋谷《しぶや》川の二ノ橋にいたる途中、善福寺《ぜんぷくじ》の墓所を左手に眺めるあたりで、唐突に夕立が降りだした。

銀色に煌《きら》めきながら落ちてくる雨筋は太く、箭《せん》というよりも竹である。

平子《ひらこ》四郎兵衛《しろべえ》は濡《ぬ》れるにまかせ、口を大きく開けて空をみあげた。

「ぬはは」

最高の気分だ。

大粒の雨が顔を叩《たた》き、渇ききった喉《のど》を潤してくれる。

旱天《かんてん》つづきで熱しきった地べたは冷やされ、萎《しお》れていた草木も生気を吹きこまれたかのようだった。

難しい役目をやり遂げ、やっと妻子の待つ我が家へ帰ることができる。

「三年か」

三年もかけてようやく、悪事の動かぬ証拠を手に入れた。

もうすぐ、長年の苦労が報われる。

平子は人並みに野心を抱いていた。

これだけのことを成し遂げたのだ。叔父《おじ》上もそれなりの地位を与えてくださるにちがいない。一族でも重きをなし、いずれは幕府の要職に就くことも夢ではなかろう。

それに明日からは、鼠《ねずみ》のようにびくついてばかりいる日常から解放される。

何よりも、それが嬉《うれ》しかった。

激しい雨音でさえ、耳に心地よい。

生まれてこの方、これほどの昂揚《こうよう》を感じたことがあったろうか。

しかし、油断は禁物だ。

二ノ橋から小舟を仕立て、一刻も早く駿河《するが》台《だい》の役宅へ向かわねばならぬ。

叔父上に証拠の品をみせ、調べあげた悪事のからくりを上申するのだ。

道端に鼻の欠けた石地蔵をみつけ、おもわず掌《てのひら》を合わせる。

逸《はや》る気持ちを抑えかね、泥濘《でいねい》と化した坂道を踏みしめた。

と、そのとき。

銀竹の狭間《はざま》から、尋常ならざる殺気が忍びこんできた。

「敵か」

平子は身構え、拇指《おやゆび》で大刀の鯉口《こいぐち》を切る。

うろたえるなと、みずからに言い聞かせた。

この身は直心影流《じきしんかげりゅう》長沼道場で免状を許されたほどの手練《てだ》れ、なまなかの刺客には討たれぬ自信がある。

留意すべきは敵の数だ。

五人以上で車懸かりに攻めたてられたら、いかに免状持ちといえども苦戦を強いられるのは目にみえている。

「来るか」

右手を鮫《さめ》革の柄《つか》に添えた。

あぶら蟬《ぜみ》の住処《すみか》となる槐《えんじゅ》の木陰から、人影がふらりとあらわれる。

「ん」

意外にも、相手はひとりだ。

ずんぐりとした横幅のあるからだつきをしている。

顔は菅笠《すげがさ》に隠されており、頑丈そうな四角い顎《あご》と肉厚の唇《くち》もとだけが笠のしたにみえた。

できるな。

剣の道に通じているだけあって、物腰をみただけで相手の力量がわかる。

まともにやりあったら、おそらく、無事では済むまい。

一合交えて、逃げに転じるか。

いや。

と、おもいなおす。

強敵を返り討ちにして、手柄に花を添えてやろう。

すけべ心が仇《あだ》となる例はいくらでもあるが、平子はあきらかにいつもの冷静さを欠いていた。

男はゆったりとした足取りで近づき、五間（約九メートル）ほど離れたあたりで歩みを止めた。

雨脚は激しさを増している。

「みつけたぞ」

重厚な声が、剣圧のように突きつけられた。

「迫田六郎兵衛《さこたろくろべえ》とは偽りの名、平子四郎兵衛であろう」

平子はうなずくことはおろか、瞬きひとつできない。

天敵に狙《ねら》われた獲物も同じ、凄《すさ》まじい殺気に吞《の》まれている。

「ふん、応《いら》えずともよいわ。間諜《かんちょう》め、死ぬがよかろう」

「何だと」

刺客づれが。

忽然《こつぜん》と、怒りが湧《わ》いてきた。

剣客本然の覇気が蘇《よみがえ》り、五体に痺《しび》れが走る。

「しぇ……っ」

平子は鋭い気合いを発し、二尺五寸（約七十六センチメートル）の本身を抜いた。

どっしりと腰をきめ、氷柱《つらら》のような白刃を下段青眼《せいがん》に落とす。

「直心影流、陽《よう》の構えか。ふふ、他流試合で禁じられておる構えとか」

刺客は口端を曲げ、嘲笑《あざわら》ってみせつつも、刀だけは抜こうとしない。

抜かずとも優位を保つことができるのは、抜刀術に秀でた者だけだ。

居合をやるのか。

平子は一歩退いて右八相に構えなおし、男の腰にある刀に目をやった。
無骨な拵《こしら》えの黒鞘《くろさや》だ。納まった本身は、二尺そこそこの直刀であろう。
なるほど、居合には適している。
注目すべきは、牛革に包まれた長太い柄と小さな鍔《つば》だった。
薩摩《さつま》拵えか。
となれば、刺客は示現流《じげんりゅう》の使い手。
それと察した途端、死への恐怖が頭をもたげる。
毛穴から、冷や汗が吹きだしてきた。
——鎧甲《がいこう》もろとも斬《き》りたおす。
薩摩示現流に受け太刀はない。
一撃必殺の攻撃のみを本旨とする。
まさに、身を捨てて死中に活路を求める剣であった。
なかでも上段斬りは峻烈《しゅんれつ》で、まともに刀で受けることは死を意味する。
刀を折られ、頭蓋《ずがい》をまっぷたつにされるのだ。
無論、必殺技は上段斬りだけではない。
平子は噂《うわさ》に聞いたことがあった。

示現流には「立《りゆう》」と称する居合技がある。

使い手はかぎられ、生涯に一度しか使えぬ秘剣ともいう。

ただし、立の秘技を目にした者はいない。

目にした者はひとりのこらず、あの世へ逝ったと聞いた。

示現流は門外不出の御留流《おとめりゆう》ゆえ、使い手に出会《でくわ》す機会は稀《まれ》にもない。

ひとは得体の知れないものに恐怖を抱く。

恐怖は迷いを生み、四肢を萎縮《いしゆく》させる。

今がそれだと、平子はおもった。

それにしても、なぜ、刺客が薩摩の者なのか。

平子の頭に疑念が浮かんだとき、刺客の口から曇天を突きやぶるほどの気合いが発せられた。

「ちぇーい」

猿叫《えんきよう》だ。

声で人を斬る。示現流独特の威嚇法にほかならない。

刺客は毛臑《けずね》を剝《む》き、だっと地を蹴《け》った。

泥水が左右に跳ね、陣風の吹きぬける隧道《すいどう》をつくる。

「ちぇーい」

刺客は撃尺の間境に踏みこんできた。

それでも、刀を抜かない。

「けえっ」

平子は右八相の構えから、剣先に気を込めた。

鈍い光が斜めに奔《はし》る。

——ばさっ。

菅笠が斜めに断たれた。

が、刺客は死んでいない。

易々《やすやす》と間合いを逃れていた。

「ふん、その程度か」

嘲笑《ちょうしょう》が漏れる。

破れた菅笠の奥から、鋭い眼光が放たれた。

刺客は左手で鯉口を押しまわし、刃《やいば》を鞘ごと下に向ける。

と同時に、石のような右肘《みぎひじ》が平子の鼻先に迫った。

「ぬわっ」

ふっと、刺客が消える。
左膝《ひだりひざ》をつき、身を沈めたのだ。
刹那《せつな》。
ひと筋の銀竹が、猛然とそそりたった。
刺客の右腕が白刃と一体になり、稲妻のように襲ってくる。
「くっ」
仰《の》けぞった。
躱《かわ》す暇もない。
股間《こかん》と臍《へそ》と喉仏を結ぶ人中路《じんちゅうろ》に沿って、縦一線に斬りあげられた。
「ぬひゃっ」
顎も裂け、眉間《みけん》も裂けた。
峻烈な一刀を浴びたのだ。
こ、これが……。
――抜き即斬《ざん》。
と剣理《けんり》に云う、示現流の居合なのか。
驚愕《きょうがく》と無念が脳裏を過《よ》ぎる。

平子四郎兵衛の意識は暗転した。

二

炎天下、日本橋大路《にほんばしおおじ》のまんまんなかに寝ている男がいる。

近づいてみれば、小山のような大男だった。

月代《さかやき》も頬髭《ほおひげ》も伸び放題で、高い鼻梁《びりょう》を震わせながら「ぬごお、ぬごお」と、凄まじい鼾《いびき》を掻《か》いている。

廻《まわ》り方の同心が爪先《つまさき》で腹を突いても、いっこうに起きる気配はない。

車牽《くるまひ》きが三人懸かりで担ごうとしても動かぬので、捨てておけということになった。

巳《み》の四つ半（午前十一時頃）を過ぎ、灼熱《しゃくねつ》の陽光は冲天《ちゅうてん》に昇りかけている。

行きかう人々は足も止めず、鬱陶《うっとう》しげな顔で通りすぎた。

「これも世相か……」

大男の鼾を聞きながら、奥井《おくい》惣次《そうじ》は溜息《ためいき》を吐いた。

人々は生きるのに必死で、他人のことを気にする余裕もない。

米の不作は五年もつづき、日本は隅から隅まで疲弊しきっていた。

江戸でも橋詰や広小路にお救い小屋が建ち、欠け茶碗《ぢゃわん》を手にした者たちが長蛇の列をつくっている。

道に物乞《ものご》いの行き倒れをみつけても、人々は一瞥《いちべつ》すらくれようとしない。

日本橋大路で大の字になった男をみつけても、無視して通りすぎてしまう。

薄汚い風体から推せば、なるほど、男は物乞いにみえた。

だが、腰帯には立派な拵えの刀を差している。

侍なのだ。

しかも、痩《や》せ浪人ではない。

戦国武者の荒々しさを秘めている。

「……やはり、あの御仁は」

毬谷慎十郎《まりやしんじゅうろう》にまちがいないと、惣次はおもった。

なにせ、男谷精一郎《おだにせいいちろう》門下の白眉《はくび》と評される島田虎之助《しまだとらのすけ》と立ち合い、男谷道場の床板を踏みぬいた男なのだ。

どれだけうらぶれようとも、みまちがえるわけがない。

惣次は男谷道場の門人だった。

元は仙台藩の藩士だったが、父親に勘当されて浪人となり、三年前に故郷を離れて江戸へ出てきた。剣聖との呼び名も高い男谷精一郎の門を敲《たた》き、門人の末席にくわえてもらったのだ。

裏長屋の手習い師匠をやっているので、独り身ならばどうにか食っていける。剣術の力量はまだまだで、直心影流の免許皆伝にはほど遠いものの、強くなりたいという気持ちだけは誰にも負けなかった。

その奥井惣次が男惚《ぼ》れした相手こそ、毬谷慎十郎であった。

——双虎相見《あいまみ》える。

読売《よみうり》にも刷られた申し合いは、今からふた月ばかりまえの閏卯月《うるううづき》に催された。

場所は本所亀沢町《ほんじょかめざわちょう》の男谷道場、三尺八寸の竹刀《しない》を手にした素面素籠手《すめんすごて》の打ちあいは世間の注目を集め、道場は大勢の見物人で埋めつくされた。

行司役は道場主の男谷精一郎、最前列には玄武館《げんぶかん》の千葉周作《ちばしゅうさく》、練兵館の斎藤弥九郎《さいとうやくろう》、士学館の桃井春蔵《もものいしゅんぞう》など、江戸三大道場の主宰をはじめ名高い剣豪たちが綺羅星《きらほし》のごとく陣取り、双虎の対決に刮目《かつもく》した。

——かたや男谷精一郎秘蔵の愛弟子《まなでし》、島田虎之助。かたや名だたる道場を席捲《せっけん》した播州《ばんしゅう》の風雲児、毬谷慎十郎。これが江戸の道場剣法を占う一戦になるのは必定。

前評判どおりの白熱した一戦となり、惣次は毬谷慎十郎の豪快な闘いぶりにすっかり魅せられてしまった。

「ただの道場荒しではない。あの強さは本物だ」

門人たちのあいだで、噂は以前から囁《ささや》かれていた。それが島田との闘いで実証されたのだとおもった。

四月前、毬谷慎十郎は播州の田舎から江戸へ着いて早々、わずか五日のあいだで十指に余る道場を荒しまわり、並みいる剣客たちを打ちまかした。直心影流の長沼道場、鏡心明智流《きょうしんめいちりゅう》の士学館、柳剛流《りゅうごうりゅう》の直井道場、直心影流の井上道場、無敵流の池田道場、心形刀流《しんぎょうとうりゅう》の伊庭《いば》道場など、名を挙げれば錚々《そうそう》たる道場ばかりだ。

さらに、北辰《ほくしん》一刀流の玄武館では四天王のひとり森要蔵《もりようぞう》を打ちまかし、中西派一刀流の中西道場では「音無しの剣」で知られる高柳又四郎《たかやなぎまたしろう》と互角にわたりあった。高柳の肩を打って昏倒《こんとう》させた逸話は江戸じゅうに知れわたり、道場に通う者で「毬谷慎十郎」の名を知らぬ者はいなくなった。

――春一番とともに、江戸に虎《とら》が一頭やってきた。

驚きとともに漏らしたのは、数ある剣豪たちのなかでも格別の耀《かがや》きを放つ千葉周作だった。三千有余の門人を抱える玄武館の総師に注目され、毬谷慎十郎の名声は鰻登《うなぎのぼ》りに登っていった。

ところが、世の中そう甘くはない。

得意の絶頂で天狗《てんぐ》になりかけていたころ、慎十郎の名声を覆す女剣士があらわれた。

――丹波咲《たんばさき》。

池之端無縁坂《いけのはたむえんざか》下にある丹波道場の孫娘だ。

丹石流《たんせきりゅう》を掲げる道場主の丹波一徹《いってつ》は老齢を理由に隠居し、数年前から門人を採っていなかった。双親《ふたおや》も兄弟もいない孫娘の咲は、祖父の一徹に幼いころから厳しく剣術を仕込まれた。

慎次は知らなかったが、咲の剣名はすでに遍《あまね》く知られており、数多《あまた》の道場から一手指南の要請がひきもきらなかった。咲が慎十郎と遭遇したのも、九段下俎板橋《くだんしたまないたばし》の練兵館へ出稽古《でげいこ》に来ていたときであった。

館長斎藤弥九郎のはからいで申し合いがおこなわれ、慎十郎はわずか十六の小娘に不覚をとった。

惣次はそのあたりの経緯《いきさつ》にえらく興味をそそられ、神道無念流《しんとうむねんりゅう》の総本山として知られる練兵館までわざわざ足労し、ふたりの勝負がどのようなものであったかを門人たちに聞いてまわった。

咲は曲がったことの大嫌いな娘、男勝りの気丈な性分ゆえに、道場破りで「袴《はかま》の損料代」を稼ごうとする輩《やから》が許せなかった。全身で怒りをあらわにし、みずから竹刀《しない》を二本取るや、慎十郎にどちらかを選ばせて勝負にのぞんだ。

勝敗の決する寸前、咲は牛若のように宙高く跳躍したという。

上段の一撃を見舞うとみせかけ、竹刀と竹刀が十字にぶつかった瞬間、双手で握った柄を振り子のように振った。変わり技の「柄砕《つかくだ》き」によって、慎十郎の鼻っ柱と矜持《きょうじ》をともに砕いてみせたのだ。

毬谷慎十郎のおもしろいところは、勝負に負けたあとだった。

常人ならば自暴自棄になり、剣の道を外れていたかもしれない。

ところが、慎十郎は丹波道場に押しかけ、教えを請いたいと素直な気持ちで入門を懇願し、何度となく拒まれたにもかかわらず、道場の雑巾《ぞうきん》掛けやら厠《かわや》の掃除やらを勝手にやりつづけ、いつのまにか馬小屋を借りて寝起きするようになった。

たとい相手がおなごでも、敗れた相手の門を敲いて教えを請う。

そうした潔さは、剣を究めたいと願う者ならば誰もが学ぶべきだと、惣次は心底から感銘を受けた。

それからしばらくして、咲が島田虎之助との申し合いを望んできた。

島田は門人になって日が浅いにもかかわらず、男谷精一郎に天賦の才をみとめられて師範代をまかされ、他流試合をやらせたら向かうところ敵無しとの評判を得ていた。

齢《よわい》は二十五、惣次と同い年であったが、異相とも言うべき風貌《ふうぼう》から十は上にみえる。十五までに一刀流を修め、故郷の豊前中津《ぶぜんなかつ》領内では屈指の剣客と評されたのち、一年にわたって廻国《かいこく》修行をつづけ、九州一円では互角にわたりあう者がいなくなった。

磐石の名声を得たのち、今から七年前に故郷を飛びだした。旅の途中、下関《しものせき》で造り酒屋の娘と懇《ねんご》ろになり、所帯をもって女子にも恵まれた。そうやって道草を食いながら、ようやく江戸へ出てきて男谷道場の門を敲いたのだ。

直心影流の修練は、いかなる流派にも増して過酷なことで知られる。

打ちあい稽古のまえに、まず、枇杷《びわ》の木でつくった三貫目（約三・八キログラム）の振り棒を一千回ほど振らねばならない。面打ちに備え、堅固な柱に頭をぶつける「頭捨て」の稽古をやり、打太刀は一尺三寸の短竹刀で二尺も長い竹刀を握った仕太刀の懐中に飛びこむ。何度となくこれを繰りかえし、恐怖に打ちかつ心を養うのだ。

だが、島田にとってその程度の修練は何ほどのことでもなかったし、技術の修得も乾いた真綿に水が染みこむがごとくであった。すでに実践であらゆる流派を学び、すべての技を自分流に練りなおしたうえで会得していた。それだけに、島田の剣は板の間剣法とは異質の強靭《きょうじん》さを秘めていた。

力量をためしたい者たちは、挙《こぞ》って島田との申し合いを望んだ。

島田虎之助に勝つことは、男谷道場の牙城《がじょう》を崩すことでもある。

そうなれば、当代一と評される男谷精一郎とも闘う機会を得られる。

勝ちを得られぬまでも互角に闘い、実力を世間に認めてもらいたい。

そうした野望は誰もが持っており、咲も例外ではなかった。

咲と島田との申し合いは、男谷の許可するところとなった。

ただし、咲の後見人で男谷とも親交のある千葉周作から、条件がひとつ課された。

島田が毬谷慎十郎と申し合いをおこない、これに勝利を得たあかつきに咲と闘う。

いわば、前哨戦《ぜんしょうせん》をおこなってはどうかと提案し、男谷もこれを受けたのだ。

双虎の闘いは、右の経緯にしたがって催された。

千葉の意図は本人にしかわからない。

容赦の無い島田の剣から咲の身を守ろうとしたのかもしれず、興味本位で虎同士の闘いをみたかったのかもしれず、そのあたりは判然としないものの、咲としては島田に勝ってもらわないことには望みが叶《かな》わない情況におかれた。

双虎が対峙《たいじ》した日、男谷道場には咲の顔もあった。

正面の壁に掲げられた「常在戦場」の軸を背におき、食い入るように試合の趨勢《すうせい》を眺めていた。

惣次の目にも、はっきりと焼きついている。

丹波咲は、色白で愛らしい面立ちの娘だった。

毬谷慎十郎を負かしたことなど信じられなかったが、横顔に気丈さの片鱗《へんりん》を窺《うかが》うことはできた。

延々と繰りひろげられる闘いのなか、咲はずっと口惜《くちお》しげに唇を噛《か》んでいた。

翌日に配られた読売《よみうり》には、こうある。

――天保九年、閏卯月、男谷道場にて催された申し合いはいつ果てるともなくつづけられ、真夜中にいたってようやく、引き分け再試合との裁定が下された。

竹刀を合わせた当人たちよりも、見物している側のほうが疲労困憊《こんぱい》の様相をみせていた。

いまだに、再試合の予定は立っていない。

なにしろ、毬谷慎十郎がその日からすがたを消してしまった。

勝負のつかない歯痒《はがゆ》さを咲に詰《なじ》られ、丹波道場に居づらくなったらしい。

何処《いずこ》かに消えたと聞いた日以来、惣次はそれとなく慎十郎の行方を捜していたのだ。

ひょっとしたら江戸を離れ、廻国修行の旅に出たのかもしれぬと、なかばあきらめていたやさきのことだった。
それだけに、ここでみつけたのは天啓かもしれぬと、惣次は勝手におもいこんだ。
しかし、声を掛ける勇気が出てこない。
放《ほう》っておけば、無宿人狩りに巻きこまれる恐れもある。
急いで叩きおこし、美味《うま》い飯でも食わしてやりたかった。
おもいとはうらはらに、金縛りにあったかのごとく足が動かない。
大路のまんなかで眠りつづける男は、近寄りがたい覇気を放っていた。

三

腹は減ったが、金もない。
金欠のときは眠るにかぎる。
しばらくすると、夢のなかに容貌魁偉《ようぼうかいい》な男が登場した。
「また、おぬしか」
額は広く禿《は》げあがり、顴骨《かんこつ》も鰓《えら》も張っている。
男の名は島田虎之助、師の男谷精一郎をも超えるのではないかと噂されるほどの剣客だ。

眉《まゆ》の下で炯々《けいけい》と光る双眸《そうぼう》は、もはや、人のものではない。

虎だ。

本物の虎だと、慎十郎はおもった。

敏捷《びんしょう》にして強靱、しなやかさと豪胆さを併せもち、狙った獲物は外さない。

向かうところ敵無しとの評判どおり、島田は強い。とんでもなく強い。

身が竦《すく》むほどの恐怖を感じながらも、慎十郎は嗤《わら》っていた。

「ふはは、ふはは」

対峙する相手が強ければ強いほど、からだじゅうが燃えあがる。

嬉しいのだ。

この上なく強い相手と竹刀を合わせるのが、心の底から嬉しい。

生きているという実感が得られる瞬間でもあった。

「ふいっ、ふいっ」

島田は爪先で躙《にじ》りより、威嚇するように声を発してくる。

千葉周作の秘蔵子と評される森要蔵のように潑剌《はつらつ》とした剣でもなく、中西派一刀流の雄と目される高柳又四郎のように洗練された剣でもない。

どちらかといえば泥臭く、型にとらわれない放埒《ほうらつ》さを備えていた。

廻国修行で数々の修羅場を踏んだ者にしか放つことのできない匂《にお》い、それはみずからの匂いでもある。

慎十郎は、島田に自分と同じ匂いを嗅《か》いでいた。

もちろん、直心影流にはさまざまな奥義がある。

先手必勝を狙う八相発破《はっそうはっぱ》、青眼から剣先を動かして追いつめる八重垣《やえがき》、ふいに屈《かが》んで跳躍する居合技の早舟《はやふね》、中段から渾身《こんしん》の刺突を繰りだす神妙剣《しんみょうけん》、雷鳴のごとく脳天を狙う竜尾返《りゅうびがえ》し。

だが、雖井蛙《せいあ》流を究めた慎十郎はそれらの奥義に精通し、各々の返し技も修練していた。

だが、島田には通用しそうにない。

型どおりに攻めてはこないからだ。

竹刀を合わせた瞬間、慎十郎は悟った。

相手は虎だ。

武芸者の本能は、人よりも虎に近い。

腹が減ったら獲物を狩る。

強い者をみつけたら闘う。

闘って倒そうとする。

ただ、それだけのことだ。

ふたりは抜き身の心で向きあい、食うか食われるかの瀬戸際で竹刀を合わせていた。

もはや、技と技の勝負ではない。

型を超越した気と気のぶつかりあいなのだ。

「きえい……っ」

慎十郎は腹の底から気合いを発し、道場の床板を蹴りあげた。

何合も打ちあい、離れては仕切りなおし、熾烈《しれつ》な打ちあいを演じつづけた。

日は疾《と》うに暮れ、真夜中に近づいたころ、島田は他流試合で禁じられている下段青眼に構え、一瞬の隙をみせた。

それが誘《さそ》いとも知らず、勇んで踏みこんだ途端、床板に大きな穴が穿《うが》たれた。

「うわああ」

客席から、どっと歓声があがった。

左足が根元まで穴に落ち、落ちた拍子におもわず突きあげた竹刀のさきに、島田の顎があった。

「ぬおっ」

虎は目を剝いて仰けぞり、頭上に掲げた竹刀を旋回させた。

そして、稲妻を放つがごとく、竹刀を猛然と振りおろした。

直心影流の伝書に「尾を打てば頭来たり、頭を打てば尾来る」と記される「竜尾返し」である。

「ぬりゃ……っ」

凄まじい気合いとともに、慎十郎の命脈は絶たれた。

誰もがそうおもったとき、島田の竹刀は鬢《びん》を掠《かす》めて床に叩きつけられ、まっぷたつに折れた。

何が起こったのかわからなかった。

ふいの出来事に不覚を取った腹いせから、島田は竹刀を床に叩きつけたのだろうか。

となれば、負けをみとめたことになるが、島田の顎をとらえた慎十郎の突きが意図したものでないことは誰の目にもあきらかだった。

一抹の静寂が流れ、行司役の男谷精一郎が静かに「引き分け」を宣言した。

千葉周作も斎藤弥九郎も丹波一徹も満足げにうなずいたが、客席のなかで唯一、咲だけは納得のいかない顔だった。

咲の目でみればあきらかに、慎十郎は負けていた。

慎十郎が負けさえすれば、島田と闘うことができる。
たとい、島田が負けても、あきらめはついていただろう。
引き分けなどという中途半端な裁定が、咲には許せなかったのだ。
一方、慎十郎は魂の抜け殻と化してしまった。
みずからの弱さを、あらためて思い知らされた。
「顔もみたくない。出ていけ」
咲にきっぱりと告げられ、丹波道場からも去った。
それからふた月余り、宿無しの無気力な暮らしがつづいている。
「けえ……っ」
せめて夢のなかでは、天下無双の剣客でありたい。
そうした願いから、慎十郎はいつも真剣を抜いた。
ひとたび抜けば、燦然《さんぜん》と光を放つ三尺の本身があらわれる。
鋼を鍛えた刀匠は、太閤秀吉《たいこうひでよし》をして「天下の名工」と言わしめた「藤四郎吉光《とうしろうよしみつ》」だ。
しかも、先の将軍家斉《いえなり》より下賜された名刀にほかならない。
藤四郎吉光を抜くたびに、厳格な父をおもいだす。
父慎兵衛《しんべえ》はかつて、播州一円に名を轟《とどろ》かせたほどの剣客だった。あるとき、江戸城で催された御前試合に呼ばれて将軍家指南役と立ちあい、完璧《かんぺき》な勝ちを得た。褒美に将軍家斉から指南役の地位を約束されたが、身の丈に余るからと峻拒《しゅんきょ》し、御下賜の宝刀一本携えて故郷の龍野《たつの》へ戻った。

御前試合に列席した龍野藩の殿様は「よくも顔を潰《つぶ》してくれたな」と地団駄を踏んで口惜しがったという。殿様の心中を慮《おもんぱか》ってか、慎兵衛は龍野藩の文武稽古《けいこ》所たる敬楽館《けいごうかん》の館長を辞去し、城下の外れで町道場をやりはじめた。

長男も次男も剣客として名を馳《は》せ、藩士として禄《ろく》を喰《は》む身となっていた。三男坊の慎十郎は、幼いころより天賦の才を発揮していたにもかかわらず、頑固な父に抗《あらが》いつづけた。からだはどんどん大きくなり、剣の力量も龍野の宝と謳《うた》われる兄たちを凌駕《りょうが》するまでになった。

元服したのちは藩でも役を得たが、素行は芳しからず、酒に酔って龍野城大手門前で素っ裸になり、歌って踊って乱痴気騒ぎをやらかしたりもした。自邸にて謹慎の沙汰《さた》が下ったにもかかわらず、家から抜けだし、呑み代を稼ぐために畿内《きない》一円を経巡って道場破りも敢行した。

さらには、父に教えられた円明《えんめい》流の修得だけではあきたらず、あらゆる流派に精通するため、秘《ひそ》かに雖井蛙流を学んだ。雖井蛙流の開祖は鳥取藩陪臣の深尾《ふかお》角馬《かくま》、同流は甲冑《かっちゅう》武者の用いた介者《かいしゃ》剣術の系譜を引く。あらゆる流派の必殺技にたいして、返し技のみを修得させるという風変わりな流派だった。

返し技を学ぶことはあらゆる流派に精通する近道だと、慎十郎なりに導きだした答でもあった。だが、厳格な父にしてみれば、雖井蛙流などは邪道も邪道、そもそも剣の修得に近道はない。地道な修練を怠り、手っとり早く答を得ようとする者に剣を学ぶ資格はないのだ。

「出ていけ」

父は烈火のごとく怒り、息子に勘当を申しわたした。

悲しいとも淋《さび》しいともおもわず、晴れ晴れとした気分だった。

籠《かご》の鳥が大空へはばたく瞬間を待ちのぞんでいたようなものだ。

身ひとつで道場を飛びだす際、慎十郎は藤四郎吉光を拝借してきた。

ひとりで生きていくと決めた途端、心の拠《よ》り所が欲しくなったからだ。

宝刀を盗まれた父は「息子をみつけ次第、成敗してほしい」との嘆願書を藩の重臣へ提出した。

「ふん、たいしたことではない」

強気にうそぶいても、目を瞑《つむ》れば父の顔が浮かんでくる。

江戸に出てきて早々、憑《つ》かれたように道場の門を敲きつづけた。求めるものはただひとつ、強い相手に出遭い、この身を完膚無きまでに叩きのめしてほしかった。

いつも念頭にあるのは、巌《いわお》のごとき父の雄姿だ。分厚い強固な壁として超然と聳《そび》えていたはずなのに、数年前から肺腑《はいふ》を病み、見る影もなく老いさらばえてしまった。世間には公表せず、なかば隠遁《いんとん》生活を送っている。そうしたみじめな父のすがたを、目にしたくはなかった。だから、大酒を食らっては莫迦《ばか》なまねをした。そのあげく、父の勘気を蒙《こうむ》り、勘当を申しわたされたが、おかげで龍野から飛びだす機会を得た。

悔いはない。今でもそれでよかったとおもう。

かつての父のような強い相手を求めて、慎十郎は綺羅星のごとく剣豪の集う江戸へやってきた。

父も、一度は夢を抱いたにちがいない。

いつかは江戸へ出て、強い相手と存分に闘ってみたかったはずだ。

その夢を自分の手で叶えてやりたいとおもい、慎十郎は故郷を捨てた。

江戸の名だたる道場を席捲し、あらゆる剣豪とわたりあって勝ちを得る。

いずれは、当代の三達人と呼ばれる千葉周作、斎藤弥九郎、男谷精一郎の三人に挑んで勝ち、満願成就となったあかつきには、藤四郎吉光の持ち主にふさわしい威風を放ちつつ、意気揚々と龍野に凱旋《がいせん》したい。

それこそが、胸に抱く夢であった。

島田虎之助ごときに負けてなどいられぬ。

くそっ、負けるものか。負けるものか。

胸の裡《うち》で叫びながらも、夢の終わりではいつも断崖《だんがい》絶壁に追いつめられる。

「くりゃ……っ」

島田は裂けるほど口をひらき、乾坤一擲《けんこんいってき》の突きを繰りだしてきた。

鉄破か。

——泥牛鉄山を破る。

と伝書に云う豪快な突きだ。

これを躱すや、足を滑らせた。

「ぬわああ」

慎十郎は奈落《ならく》の底に落ち、滔々《とうとう》と流れる濁流に呑みこまれていった。

四

誰か、誰か助けてくれ。
かならず、そこで目が醒《さ》める。
たいていは、誰かに水をぶっかけられていた。
「あっ、おっかさん、お侍が目を醒ましたよ」
十にも満たない娘が、上から覗《のぞ》いている。
娘の隣から、母親らしき女も覗きこんできた。
物乞いと見紛《みまが》うほど、みすぼらしい風体の母娘《おやこ》だ。
「……わ、わしは、夢をみていたのか」
慎十郎は半身を起こし、頭を振った。
すぐそばに、日本橋がみえる。
――えひゃら、ひゃっこい、ひゃら、ひゃっこい。
甘露と白玉入りで一杯四文、冷水《ひやみず》売りの売り声も聞こえてきた。
茹《う》だるような暑さのなか、人々はうんざりした顔で歩いている。

「こんなところで寝ていたら、干瓢《かんぴょう》みたいに干涸《ひか》らびちまうよ」

娘が黄色い歯をみせ、笑いながら籐籠《とうかご》を差しだす。

何か黒いものが入っていた。

「髪の毛か」

「そうさ。おちゃないか、おちゃないかって声を掛けながら、探して歩くんだよ」

「おちゃないか」

「うふふ、落ちていないかってこと」

母と娘は一日中、鬘《かつら》にするための髪の毛を集めて歩く。

それが飯のタネらしい。

「腹が減ってんだろう。ほら、これをお食べよ」

娘の小さな掌には、煎餅《せんべい》の欠片《かけら》があった。

貰《もら》って食べると、目から涙が溢《あふ》れてきた。

「おっかさん、このひと泣いているよ」

「そうだね。きっと、目に埃《ほこり》でもはいったのさ」

「すまぬ……か、かたじけない」

おちゃないの母娘に礼を告げ、慎十郎はとぼとぼ歩きはじめた。

世相は暗い。

江戸にいたる道中では、数多くの悲惨な光景を目にしてきた。

鳥に突っつかれた行き倒れの屍骸《むくろ》、飢饉《ききん》で死にかけた村に暮らす幽鬼のような人々、餓死した乳飲み子を抱く物乞いの母親、旅人の身ぐるみを剝《は》がす山賊の群れ、無法者と化した浪人ども、春をひさぐ貧農の娘たち。そうした光景を目にするたびに、心を痛めた。

だが、救いようのない暮らしのなかにあっても、逞《たくま》しく生きぬこうとする人々は大勢いる。

おちゃないの母娘の温かみに触れ、慎十郎はあらためてそうおもった。

広小路を埋めつくす青物市場《やっちゃば》の喧噪《けんそう》が、背中の向こうに遠ざかっていく。

ふらりと曲がった式部《しきぶ》小路《こうじ》の辻《つじ》から、何やら威勢の良い口上が聞こえてきた。

「さあ、挑んでこぬか。拙者を一歩でも動かしたら、もれなく金一朱差しあげよう」

辻相撲《つじずもう》だ。

「われこそはとおもう御仁は、お立ちあいくだされい。挑み料はたったの四文、冷水一杯、大福ひとつぶんにござる。拙者を一歩でも動かしたら、大福が六十個は買えよう。さあ、遠慮なさるな、挑んでこられい」

「よし、おれがやる」

五十人を超える力自慢が挑み、まだひとりも成功した者はいない。

慎十郎は人垣を搔きわけ、ずんずん前へ進んでいった。

「やめておけ。怪我をするぞ。あれは青葉《あおば》山大五郎《やまだいごろう》というてな、伊達《だて》さまお抱えの相撲取りだった男さ」

訳知り顔の見物人たちが囁きあっている。

「杜《もり》の都の仙台では、知らぬ者とておらなんだ。ところが、小悪党の渡り中間《ちゅうげん》を撲《なぐ》って半殺しの目にあわせたのが運の尽き。お城を逐《お》われる身となり、故郷を捨てて以来、辻で稼ぐ通り者になりさがったらしい。おっと、睨《にら》みおった。怒らせたら始末に負えぬ。くわばら、くわばら」

慎十郎は野次馬を押しのけ、列の前面へ躍りでた。

「わしが相手だ」

「ん」

榎《えのき》を背にして、巌《いわお》のごとき巨漢が立っている。

身の丈は七尺、重さで五十貫目はあろうか。

六尺豊かな慎十郎でさえも、反っくりかえって見上げねばならぬほどだ。

しかも、あんこ型ではなく、鋼の鎧《よろい》を纏《まと》ったようなからだつきをしている。挑んだ者たちは鋼の鎧に触れるや、弾《はじ》きとばされるしかなかった。

青葉山が睨みつけてくる。

「ふうん、少しは見込みがありそうだな。おめえ、名は」

「毬谷慎十郎」

「どっかで聞いたことがあるぞ」

「待たせるな。早く挑ませろ」

「ならば、四文出せ」

「銭はない」

「何だと」

青葉山は恐い顔になり、慎十郎の腰に目を留めた。

「その刀、どうした」

「どうしたとは」

「盗んだのであろう。ふふ、その刀を挑み料の代わりにしてもよいぞ」

「これをか」

「さよう。できぬか」

応じるまえに、腹の虫がくうっと鳴いた。

「ぬへへ、食い詰め者め。おれに挑んで一朱手にすれば、腹いっぱい飯が食えるぞ。さあ、どうする。迷っておるのか。たしかに、侍の魂が四文とは情けないはなしだ。されど、おぬしは侍ではない。侍はな、空っぽの腹を満たすために辻相撲など取らぬ。そうではないか」

煽《あお》られても、慎十郎はいっこうに腹を立てない。

「侍とは、辻相撲を取らぬものなのか」

などと、惚《ほう》けたことを抜かす。

「少なくとも、腰の刀は賭《か》けまい。侍の矜持と空腹を天秤《てんびん》に掛け、やはり、できぬとあきらめる。あきらめて野垂れ死にするのが、侍というつまらぬ生き物さ」

青葉山は大口を開け、がははと嗤ってみせた。

慎十郎は感心したようにうなずき、にかっと白い歯を剝いた。

「おぬし、ちとおもしろいことを抜かす。どうやら、独活《うど》の大木ではなさそうだ」

「ん、何か言ったか」

「ああ、言った。独活の大木とな」

「ふん、どうやら、痛めつけられたいとみえる」

「それはこっちの台詞《せりふ》だ。独活の大木め、頭突き一発で吹っ飛ばしてくれるわ」

「おおきく出たな。頭突き一発で倒れなかったら、どうする。刀を置いていくか」

問われて慎十郎は、不敵な笑みを浮かべた。

「いいや。刀ではなく、命をくれてやる」

「何だと。辻相撲に命を賭けるのか」

「ああ。それがわしの生き方だ」

ごくっと、青葉山は唾《つば》を呑む。

遠巻きにする見物人たちも同じだ。緊張で頰を強張らせた。

青葉山はうなずき、ぐっと胸を張る。

「気に入った。挑んでこい。ただし、後悔するなよ」

「まいる」

慎十郎は低く身構え、だっと地を蹴った。

誰ひとり瞬きもできず、歓声をあげる暇もない。

人垣の前列には、おちゃないの母と娘のすがたもあった。

日本橋から追ってきた奥井惣次も、固唾《かたず》を呑んで見守っている。

慎十郎の動きは素早かった。

野分が、一瞬にして吹きぬけたかのようだった。

「ぬわっ」

気づいてみると、五十貫目もある青葉山のからだは宙に浮き、榎の向こうへ十間余りも飛ばされていた。

まさしく、頭突き一発で仕留めてみせたのだ。

「やった、やったよ、おっかさん」

おちゃないの娘は、手を叩いて喜んでいる。

慎十郎はやんやの喝采《かっさい》を浴びながら、青葉山のもとへ歩を進めた。

「さあ、一朱寄こせ」

守銭奴《しゅせんど》のごとく、手を差しだす。

喝采が止み、鼻白んだ野次馬どもは唾を吐いた。

腹を満たすためなら、矜持すらも捨ててしまう。

「情けない男だな」

と、惣次もつぶやいた。

毬谷慎十郎よ、それでよいのか。

それでも、あんたは侍なのか。

惣次は怒りをぶちまけるべく、小山のような男の背中に近づいた。

五

翌朝、四つ刻《どき》（午前十時頃）。

——どん、どん、どん。

西ノ丸の太鼓櫓《たいこやぐら》から、出仕を促す太鼓の音が響いてくる。

脇坂中務大輔安董《わきさかなかつかさたいふやすただ》を乗せた網代駕籠《あじろかご》は密集陣形の供人たちに守られ、上屋敷の表門から和田倉門《わだくら》までの半町（約五十五メートル）足らずを一気に駆けぬけていった。

黒漆塗りの担ぎ棒には、金泥で輪違いの家紋が描かれている。

背の高い陸尺《ろくしやく》たちは速度を弛《ゆる》め、そのまま桔梗門《ききよう》を抜けていき、下乗橋《げじようばし》の手前で足を止めた。

簾《すだれ》を捲《まく》ってあらわれたのは、頭に雪を降らせたような白髪の老人だ。

——どん、どん、どん。

空《す》きっ腹に響く音色だなと苦笑しながら、安董は背筋を伸ばして歩きだす。

幕政を与《あずか》る本丸老中といえども、ここからさき、下乗橋を渡ることが許される供人は六名に減らされる。

主従は縦に連なって大手三ノ門から中ノ門へ、さらに中雀《なかじゃく》門を通って表向の玄関へ向かうのだが、この短いあいだに、江戸家老の赤松豪右衛門《あかまつごうえもん》が重要とおぼしき用件を念押しする。

ふたりとも古希を越えているので、遠目にみれば、年寄り同士が茶飲み話をしているふうにしかみえない。

「殿、本日は若君への御目見得がござります」

「ふむ、四つ半であったかな」

「八つ半（午後三時頃）にござります。四つと八つ。くれぐれも、おまちがえあそばされぬよう」

「あいわかった」

将軍家慶《いえよし》の嗣子である家祥《いえさち》は齢《よわい》十五、生まれつき病弱ゆえ、傅育《ふいく》係の安董としては何かと気苦労が多い。依拠する二ノ丸から申し出がなくとも、暇をみつけては「若君」のもとへ伺候するつもりでいるが、老中という役目は忙しすぎて毎日は無理だった。

豪右衛門は、息を切らしながらつづける。

「それから、備後守《びんごのかみ》のお誘いにはお乗りあそばされぬよう」

「わかっておるわ。水野《みずの》越前《えちぜん》の小僧に痛くもない腹を探られたくはないからの」

「殿、四十五の御《お》勝手掛《かってがかり》をつかまえ、小僧呼ばわりはお慎みくだされ」

「ふふ、小僧は小僧じゃ。越前より年下の太田《おおた》備後も、わしからすれば洟垂《はなた》れよ」

「そうでしょうとも。されど、まがりなりにも政事《まつりごと》の手綱を握る御譜代のおふた方にございまする。傲岸不遜《ごうがんふそん》なご対応はお控えなされませ」

「豪よ、わしが傲岸不遜にみえるか」

強面《こわもて》だが、尊大さは微塵《みじん》もない。

先祖は「賤《しず》ヶ岳《たけ》の七本槍《やり》」のひとりとして名高い脇坂甚内安治《じんないやすはる》。九代前のご先祖から脈々と受けつがれた剛毅《ごうき》さと反骨魂を備えている。若い頃から弁舌爽《べんぜつさわ》やかで見目もよく、今は大御所《おおごしょ》となった家斉の目に留まり、弱冠二十四歳で寺社奉行に抜擢《ばってき》された。

数ある手柄のなかでも、色坊主と大奥女中らの淫行《いんこう》を摘発した谷中延命院《やなかえんめいいん》の仕置きは天下の名裁きと評されている。悪名高い住職の日道《にちどう》を捕らえて獄門台に送り、誰もが遠慮していた大奥にも厳正なる処分を下してみせた。

類《たぐ》い希《まれ》なる清廉さが家斉に気に入られ、二十二年も寺社奉行を勤め、一度身を退《ひ》いてからも十六年後に再度登用された。

——また出たと　坊主びっくり　貂《てん》の皮
という落首は、そのときに詠まれたものだ。

貂の皮は先祖が敵将から奪った槍鞘《やりさや》のこと、勇猛果敢な脇坂家の象徴でもある。

血気盛んな安董は、権威に胡座《あぐら》を掻いて威張りくさる坊主どもの不正をあばき、宗門の天敵と目された。でんと座って睨みを利かせているだけでも効果覿面《てきめん》、上屋敷の所在地に因《ちな》んで「辰ノ口《たつのくち》の不動明王」などと称され、巷間《こうかん》からは喝采を浴びた。

裁いたのは宗門だけではない。

但馬国出石《たじまのくにいずし》藩仙石《せんごく》家のお家騒動をも見事に裁き、一方に肩入れした時の老中首座松《まつ》平康任《だいらやすとう》を失脚に追いこんだ。その功績を家斉に高く評価され、西ノ丸老中格として家祥の後見役を任されたのち、昨秋からは本丸老中の座に就いている。

本丸老中に就任する半年ほど前、大坂で元町奉行所与《よ》力《りき》の大塩平八郎《おおしおへいはちろう》が窮民救済を訴えて蜂起した。叛乱《はんらん》は半日で鎮圧されたものの、役人が暴徒を率いて公然と幕府に反旗を翻す前代未聞の出来事は幕府に動揺をもたらし、六十五歳の家斉に隠居を決意させるきっかけとなった。

在位五十年の長きにおよんだ家斉に代わり、不惑を過ぎた家慶が新将軍となった。

安董は「新将軍を助けてほしい」という家斉直々の要請を固辞できず、幕政の中枢に重石となって座り、老体に鞭打《むちう》ちながら忠勤に励んでいる。

「豪よ、それほど心配なら、わしの代わりに出仕せよ」

「めっそうもございませぬ」

「されば、うるさい口を閉じよ」

「はは」

かしこまったそばから、百戦錬磨の江戸家老はむっくり皺顔《しわがお》を持ちあげる。

「殿、癪《しゃく》はいかがにございます」

「だいぶよい」

「和中散《わちゅうさん》はお持ちですな」

「さっき、おぬしに手渡された」

「もはや、お忘れではないかと」

「それほど惚《ぼ》けてはおらぬわ。もっとも、昨夜口にした膳《ぜん》の献立は、しかとおぼえておらぬがな。ふへへ」

「殿」

豪右衛門は、立ちどまってたしなめる。

「それを、まだら惚けと申しまする」

「まだらにしかおぼえておらぬという意味か。なるほど、おもしろい」

そうした会話を交わしながら、一行は表向の玄関へたどりついた。

ただし、玄関へはいらずに右脇へ逸《そ》れ、老中だけが出入りを許されている納戸口へ向かう。

「殿、だいじなことを忘れるところでございました」

「何じゃ」

「大目付の平子因幡守《いなばのかみ》さまより、内密のご相談がおありとのこと。正午のお廻《めぐ》りの際、新番所前御廊下の溜《たまり》へご足労のほどお願い申しあげまする」

「新番所前御廊下の溜じゃな。ふむ、承知した」

「殿、何事もご無理は禁物にござりますぞ」

「わかっておる。豪よ、ではな」

「はは」

古武士のごとき老臣は腰を折り、主人の後ろ姿を見送った。

六

幕閣に老中は五人いる。

各々にあてがわれた下部屋は、奥のほうから登用の年が古い順に並んでいた。

いちばん奥は三河《みかわ》西尾《にしお》藩藩主の松平和泉守乗寛《いずみのかみのりひろ》六十一歳、つぎは丹後《たんご》宮津《みやづ》藩藩主の松平伯耆守宗発《ほうきのかみむねあきら》　五十七歳、三番目は遠江浜松《とおとうみはままつ》藩藩主の水野越前守忠邦《ただくに》四十五歳、四番目は遠江掛川《かけがわ》藩藩主の太田備後守資始《すけもと》四十歳と、ここまでは年齢順につづき、五番目に配された播州龍野藩藩主の安董だけが五人のなかでもっとも高齢だった。

しかも、門閥や譜代ではなく、安董だけは外様《とざま》である。江戸幕府開闢《かいびゃく》以来、本丸老中まで出世した外様大名はいない。それだけの実力を備えていると同時に、時の権力者から気に入られている証拠でもあった。

四つ半頃、老中五人が下部屋に揃うと、いよいよ御用部屋への出仕となる。

渡る道順も定められており、下部屋から中之口《なかのくち》廊下、台所前廊下、納戸前廊下を経て桔梗之間《ききようのま》と中之間へ、さらに、土圭《とけい》之間次とも呼ぶ新番所前廊下を経て奥土圭之間を抜け、中奥との境に位置する老中たちの御用部屋にいたる。

こうした城内での移動を「登城」と呼び、同じ道順で夕八つ頃に下部屋へ戻ることを「退出」と呼ぶ。老中は登城と退出の際、各廊下や殿中席に座る諸役人から出迎えと見送りの挨拶《あいさつ》を受けるのが慣例となっていた。

たとえば、中之間には留守居《るすい》を筆頭に、大目付、南北町奉行、勘定奉行、作事奉行、普請奉行などの面々が座っている。

毎日、飽くこともなく、同じような顔ぶれから挨拶を受ける。

この顔見せ挨拶が、要職への抜擢にも繋《つな》がった。

老中が絶大な権力を持つものであることは、安董も寺社奉行のころから知っていたつもりだった。しかし、いざ、自分がなってみると、わずらわしいことのあまりの多さに辟易《へきえき》してしまう。

安董は長袴《ながばかま》だの布衣《ほい》だのを着用して廊下を巡るのでさえ、正直なところ、面倒で仕方なかった。

御用部屋は十五畳ほど、五人でも充分な広さだが、評定のとき以外はかならず誰かが出入りしている。もちろん、誰でもというわけにはいかず、出入りの許されている役職はきまっており、若年寄と御側御用取次《おそばごようとりつぎ》と奥右筆組頭《おくゆうひっくみがしら》を除けば、諸役との取次を担う同朋頭《どうぼうがしら》と雑用係の御用部屋坊主のみが許されていた。

近頃、御用部屋を包む空気は重い。

原因の多くは、太田備後守にあった。水野越前守と最初から馬が合わず、何かと反目したがり、ほかの三人を仲間に引きこもうとする。安董もふくめて三人とも狸なので、のらりくらりと躱す術《すべ》は心得ているものの、くだらない理由で審議の遅滞を招いていることが、安董にはどうにも歯痒くてならなかった。

午前中は御用部屋で評定や審理をおこない、将軍へお伺いを立てるべき案件の整理をする。

そして、中食の前後におこなわれるのが「廻り」と称する慣例だった。

老中たちが御用部屋を退出し、新番所前廊下から中之間《なかのま》、羽目《はめ》之間、山吹《やまぶき》之間と順に見廻《みまわ》り、雁《かり》之間脇の廊下から菊之間、芙蓉《ふよう》之間縁頰《えんがわ》、芙蓉之間、さらには表右筆部屋脇の廊下から中之間、新番所前廊下を経て御用部屋へと戻ってくる。

この「廻り」は「登城」や「退出」と異なり、諸役との用談にあてられることが多かった。

安董も正午になって「廻り」に出たが、朝方、豪右衛門に念押しされたことなどすっかり忘れていた。

「ご老中、もし、中務大輔さま」

順路の終わりに差しかかったころ、新番所前廊下端の小部屋から襖《ふすま》を少しだけ開け、囁きかけてくる者がいる。

「ん、どなたかな」

眉間に皺を寄せて睨むと、痘痕面《あばたづら》の老人が白い八文字眉をさげている。

大目付の平子因幡守信元《のぶもと》であった。

家禄《かろく》四千石の大身《たいしん》旗本にして、道中奉行を兼ねる大目付の筆頭格でもある。普請奉行や作事奉行を経て、六十八歳で大目付となってから九年、すでに喜寿を迎えていた。

それにしても、情けない面だなとおもいつつ、安董は「溜」と呼ぶ小部屋へ身を差しいれた。

「ご老中、わざわざ、お越しいただき恐悦至極に存じまする」

「いやいや」

「じつは、赤松どのにも用件をお伝え申しあげておりませんでな」

「ほう」

ここでようやく、安董は豪右衛門から聞いていたことをおもいだす。

「ふっ、まだら惚けか」

「ご老中、何か仰《おつしや》いましたか」

「いいや、お気になさるな」

大名と旗本が城中で膝を突きあわせるのはめずらしい。

ただし、相手が大目付となれば、はなしは別だ。大目付は幕府への謀反を阻むべく、大名や高家や朝廷を監視する。幕命を全国へ通達し、道中奉行や宗門改役や鉄砲改役などの五役を兼任する。旗本役のなかでも、江戸城留守居、御三卿《ごさんきょう》家老に準ずる最高位とされ、万石大名を監視することから、在任中は大名並みの格式と官位を与えられた。

平子とはふだんから親しいわけでもないし、老中も大目付の監視対象となるだけに、安董としても気は抜けない。

「何か、ござったか」

水を向けると、平子は白扇でぺぺんと額を叩いた。

「ちと、生臭いはなしになり申す。ご容赦いただけましょうか」

「かまいませんよ」

「三日前、手前の間者が何者かに斬殺《ざんさつ》されましてな。じつは、三年前から仙台藩に潜らせておった間者にござります」

「仙台藩に何か不審な点でも」

「蝦夷《えぞ》よりご禁制の俵物を大量に仕入れ、清《しん》国へ高値で売りさばいておった疑いがござりまする」

「何と」

「ことに、干し鮑《あわび》ですな。これが利益としては大きい。しかも、俵物の対価の一部は仙台米で支払われておったとの由、米不足で民百姓が餓《う》えているなか、あってはならないことと存じまする」

「いかにも、そうじゃ」

「勘所は、かような抜け荷が藩ぐるみでおこなわれているのかどうか」

「そこよ。藩ぐるみならば、仙台藩の存廃にも関わる重大事じゃ。確乎《かっこ》たる証拠がなければ、軽々しく口にするのも憚《はばか》られるわ」

「へへえ」

平子はぺたりと平伏《ひれふ》し、亀のように顔を持ちあげる。

「間者が始末され、肝心の証拠も消えましてござります。されど、消えたままにしておいてよいものかどうか。数々の巨悪を見事に裁いてこられた中務大輔さまのご意見を伺いたく、わざわざお手間を取らせた次第」

聞いてしまった以上、捨てておけるわけがない。

平子は老練にも、安董の厳格な性分を知ったうえで相談を持ちかけてきたのだ。

「間者の屍骸は、それは凄惨《せいさん》なものでござりました。股間から眉間まで生木を裂くように斬られておりましてな。しかも、一刀でござる。検分した役人によれば、刺客は示現流の手練れではないかと」

「示現流といえば、薩摩か」

「いかにも、示現流は薩州《さっしゅう》の御留流にござりますれば、同藩に関わりのある者に相違ございませぬ」

「薩摩の刺客が仙台藩に雇われたと」

「そうなりますな。じつは、拙者が本職となったばかりの九年前にも、同様の闇討ちがござりました」

「ほう」

　そのころ、平子は大目付就任早々で手柄を焦っていた。薩摩藩が藩ぐるみで砂糖や鼈甲《べっこう》などの贅沢品《ぜいたくひん》を他国へ横流しして莫大《ばくだい》な利益をあげているとの通報を内々に受け、裏付けを取るべく隠密を潜らせていた。その隠密が確乎たる証拠を摑《つか》んだ途端、示現流の刺客に討たれたのだという。

「こたびの凄惨な屍骸をこの目でみて、九年前の由々しき出来事が脳裏を過ぎりましてな。調べるさきは薩摩と仙台のちがいはあれど、隠密を葬った刺客は同一の者やもしれませぬ。九年前に果たせなんだことを果たせという天啓なのではあるまいかと、かようにおもう次第で」

「九年前に果たせなんだこととは」

平子はすっと身を持ちあげ、襟を正す。

「正義にござりまする」

「正義か」

安董にとって、これほど甘美な響きはない。

しかも、裁く相手が巨大であればそれだけ、いっそう燃えあがってくる。

「ご老中、事が事だけに、ここだけのはなしということに」

「無論じゃ。されど、何故この身に告げられた」

「中務大輔さまは、さきごろ、暴徒を煽って世情を騒がせた黒天狗《くろてんぐ》党を成敗なされました。そればかりか、誰しもが手をこまねいていた大奥の膿《うみ》をも排除なされた。しかも、公儀の面目を潰すこともなく、穏便にでござる。そのご手腕に賭けてみたいと、僭越《せんえつ》ながらおもうたまでにござります」

ふと、安董は豪胆な若者の顔をおもいだした。

毬谷慎兵衛の倅《せがれ》め。

慎十郎のことだ。

赤松豪右衛門を介して黒天狗党の成敗を命じたところ、愛馬の黒鹿毛《くろかげ》を寄こせと高飛車な台詞を吐いた。首魁《しゅかい》を成敗した褒美に貂《てん》の陣羽織を手ずから与えても、嬉しい顔ひとつしなかった。さらに、悪事をかさねた大奥の老女を討ったときも、命じられてやったことではないとうそぶいた。

手討ちにしても足りぬほど生意気な若造だが、嫌いではない。

蛮勇を好む安董にとっては、そばにおいておきたい若武者だった。

ともあれ、面倒な案件が転がりこむと、慎十郎の顔が浮かんでくる。

「中務大輔さま、いかがなされましたか」

平子は口をへの字に曲げ、今にも泣きだしそうな顔をした。

「いや、何でもない」

厳《いか》めしく応じると、急いで入れ歯を入れなおす。

「……も、申しあげにくいことながら、中務大輔さまが外様《とざま》であられることも、こうしてお願い申しあげる理由のひとつにございます。なにせ、相手は仙台藩伊達家六十二万石。ご門閥やご譜代では何かとご遠慮もござりましょう」

要するに、七面倒臭い案件を押しつける相手として、もっとも適していると判断したのだ。たとい、そうであったとしても、困難に立ちむかおうとする平子の気概はあっぱれというよりほかにない。

「九年前に斬殺された隠密は、拙者が三顧の礼をもって迎えた人物。じつを申せば、その者の弔い合戦でもございます」

「亡くなった者とは」

「お聞きくだされますか。その者は丹波兵庫之介《ひょうごのすけ》と申しましてな、丹石流をもって公儀の影指南をつとめた丹波一徹どのの一子にござる」

丹波一徹と聞いても、安董はぴんとこない。

ただ、このたびの一件に平子の情がからんでいると知り、かえって信用できるとおもった。

「じつを申せば、三日前に斬殺された間者は、拙者が幼いころより目を掛けていた甥《おい》にございます」

「何と、それは無念であったろう」

「身に纏っていた着物の襟口に、かようなものが縫いつけてございました」

平子は袖口《そでぐち》から、銀色の美しい貝殻を取りだす。

「ほう、巻き貝のようじゃな」

「調べさせたところ、わが国では採取できぬ代物。何でも、ノヴィスパニアなる遠い異国の浜辺にしかおらぬ種であるとか」

「ふうん」

安董は何気なく貝殻を拾いあげる。

「甥はきっと、何かを言い遺したかったに相違ない。されど、それが何かは見当もつきませぬ。どうか、お納めくだされ」

「甥の遺品ではないのか」

「不正をあばく証拠のひとつにござりまする」

「承知した。預かっておこう」

貝殻を袖口に仕舞い、安董はほっと溜息を吐いた。

「中務大輔さま」

「ん、何じゃ」

「お役目に私情を持ちこむのは禁物とは申せ、波立つ心を鎮めるのが難しゅうござります。ともあれ、この件を最後のお役目にしたいと、かように拙者は考えております。なにせ、喜寿を迎えた身、死出の旅立ちに向かう支度は整ってござりまするが、この一件を解決せぬことには安堵《あんど》して逝けませぬ。どうか、老い耄れの我が儘《まま》をおくみとりいただき、何卒、お力をお貸しいただきたくお願い申しあげまする」

「この身とて老い耄れ。されど、いまだ老骨の気概は失《う》せておらぬ。因幡守どの、ご安心めされい。こちらでも、できるだけのことはしてみよう」

「はは。お力強いおことばを頂戴《ちょうだい》し、この平子信元、望外の喜びにござりまする」

老松のごとき大目付は畳に額を擦《こす》りつけ、肩を震わせて泣きだした。

七

後ろでひとつに束ねた黒髪が、忙《せわ》しなく左右に揺れている。

咲は二ノ橋の桟橋で小舟を下り、見通しの利く仙台坂をのぼっていた。

侍装束に身を固め、腰帯には大小を閂差《かんぬきざ》しにしている。

凛《りん》とした物腰は武芸者のものだが、横顔には十六の娘の色気があった。

三日前の夕七つ（午後四時頃）前後、この坂で仙台藩の藩士が何者かに斬殺された。

――股間から眉間にかけて生木のように裂けた屍骸。

との噂を耳にし、知りあいの岡っ引きに調べてもらうと、下手人は「示現流の手練れかもしれぬ」という耳寄りのはなしが得られた。

居ても立ってもいられなくなり、殺しのあった場所へやってきたのだ。

三日前、このあたりには夕立が降っていた。

快晴の今日とは、まったく条件がちがう。

「下手人にとっては幸運の雨」

晴れていれば人通りもあっただろうし、この仙台坂を襲う場所に選んだかどうかはわからない。いずれにしろ、斬られた相手には申し訳ないが、夕立のおかげで仇《かたき》の手懸かりを摑むことができた。

今から九年前の師走《しわす》、父の丹波兵庫之介は何者かに斬殺された。

場所は丹波道場の面する無縁坂、その日は雨ではなく、まだらに雪が降っていた。

誰がどのような狙いで凶行におよんだのかは、いまだに判然としない。

あまりの凄惨《せいさん》さゆえに、父の遺体を目にすることも許されなかった。

検分した役人は辻斬《つじぎ》りか強盗の仕業と断じたが、祖父一徹をもしのぐ剣の力量と評された父が物盗《ものと》りごときの凶刃に斃《たお》れるはずはない。隠された事情があったのだろうと疑念を抱いたのは、ずっとあとになってからのことだ。

ただし、かけがえのない一人息子を失った日、一徹が口惜しげにつぶやいた台詞だけは、今でも耳に残っている。

――示現流の手練れか。

いつかは父の敵《かたき》を討ちたいと願い、厳しい剣の修行をかさねてきた。

一徹には内緒で三田《みた》まで足を延ばし、薩摩屋敷の周辺をうろついたことも一度や二度ではない。

父が斬られた日、幼い咲はひとりで無縁坂を這《は》いずりまわった。降りかさなる雪を手で掘り、父の痕跡《こんせき》をみつけようとしたのだ。

あのときの雪の冷たさは、けっして忘れることができない。

咲はやがて、深紅の血で染まった雪のかたまりをみつけた。

暮れなずむ坂道に蹲《うずくま》り、真っ赤な雪を抱きながら泣きつづけたのをおぼえている。

慈しみ深い母も葬儀が終わってすぐに身を患い、父のあとを追うように逝ってしまった。

爾来《じらい》、父と母の月命日にはかならず、無縁坂を上って麟祥院《りんしょういん》の墓所を訪ねた。

昨日も詣《まい》ったばかりだ。

垣根を純白に彩るからたちの花は疾《と》うに散ってしまったが、芳しい香りはそこはかとなく残っていた。晩秋には、まんまるの実を結ぶことだろう。

墓所を巡りながら季節の移ろいを知り、咲は両親の面影を偲《しの》んできた。

いつも脳裏に浮かぶ光景は、仕立てたばかりの紅い着物を羽織らせてもらい、親子三人で湯島天神《ゆしまてんじん》へ詣《もう》でた日のことだ。

晴れがましい気分で鳥居をくぐり、父に肩車をしてもらった。

帯解《おびとき》を祝ってもらったあの日が、幸福の絶頂だったのかもしれない。

幼い咲にとって、両親のあいつぐ死は悲しすぎた。

剣術修行に明けくれたのも、悲痛なおもいから逃れたいためだ。

強くなるにつれて同年配の子どもたちからは恐れられ、気づいてみれば友といえる者はひとりもいなくなった。

男勝りと陰口をたたかれても、平然としていた。

気丈さを保つことで、どうにか生きてこられたのだ。

無心に木刀を振ることで、悲しみや淋しさを忘れようとした。

雪の降りしきる極寒のなかでも、茹だるような酷暑のなかでも、重い木刀を気を失うまで何千回と振りこんだ。

年を経るにしたがって、悲しみよりも怒りのほうが増していった。

かならずや、父を殺《あや》めた敵をみつけだし、この手で討ちはたしてみせる。

一徹にさえ本心を明かさず、暇をみつけては敵に繋がる端緒を探しまわった。

そして、ついに、父のときと同じ手口で凶行におよんだ下手人の存在を知った。

「敵はこの江戸にいる」

考えただけでも、武者震いを禁じ得ない。

咲は慎重に坂道を進み、ふと足を止めた。

道端に鼻の欠けた石地蔵をみつけたのだ。

ひょっとしたら、地蔵は下手人の顔をみたのかもしれない。

路傍に咲いた萱草《わすれぐさ》の花を摘み、地蔵の足許に手向けてやる。

立ちあがろうとしたとき、背後に人の気配が迫った。

「ふん」

振りむくや、刀を抜きはなつ。

「おっと、お待ちくだされ」

仰けぞる月代侍の顔には、見覚えがあった。

「あなたは、たしか」

「長沼道場の諏訪《すわ》伝左衛門《でんざえもん》にござります。丹波咲どのですな」

「はい」

咲は肩の力を抜き、鋭い光を放つ刃を鞘に納める。

直心影流を教える長沼道場は江戸でも名の知れた道場で、虎ノ門《とらのもん》江戸見坂《えどみざか》の土岐《とき》家上屋敷内にあった。

何度か出稽古に呼ばれているので、門人たちの顔はおぼえている。

「いやあ、さすが丹波咲どの。身が縮みましたぞ」

諏訪と名乗る若侍は、笑いながら頭を掻いた。

「門人たちでいつも噂をしております。あの日以来、咲どのは出稽古に来られなくなったと」

「あの日とは」

「毬谷慎十郎が道場へやってきた日ですよ」

「あっ」

四月前、慎十郎は春一番とともに江戸へやってきた。名だたる道場を荒しまわってみせたが、その皮切りとなったのが長沼道場だった。

「毬谷があれほど強い男だったとは、正直、おもいもしませんでした。舐《な》めてかかった師範代以下、五人が完膚無きまでに打たれたのです。じつは、拙者も五人のうちのひとりでしてな、のちに咲どのが毬谷の鼻っ柱をへし折ったと聞き、おおいに溜飲《りゅういん》を下げました」

「そうだったのですか」

と言いつつも、恥辱を受けた長沼道場を避けていたのは事実だ。

諏訪は、不思議そうに首を捻《ひね》る。

「されど、咲どのは負かしたはずの毬谷を丹波道場に寄宿させた。なにゆえ、あの者を受けいれたのです」

「向こうが勝手に居座ったのです。されど、勝手に出ていってしまいました」

「ほう。出ていかれて、お淋しくはありませんか」

あからさまに皮肉を言われ、咲は真っ赤になって怒る。

「祖父もわたくしも、疫病神が居なくなって清々しておりますよ」

「ふふ、疫病神か。そいつはいい」

諏訪はどことなく楽しげで、慎十郎を恨んでいる様子もない。

「われわれは、毬谷の気迫《きはく》に呑まれました。完敗です。そのせいか、あれだけの仕打ちを受けても、不思議と口惜しさはない。うまく申せませぬが、負けても爽《さわ》やかな気分でいられるのです」

同じようなはなしを、千葉周作からも聞いた。

慎十郎に敗れた森要蔵が、千葉に告げたはなしだ。

道場破りのくせに、叩きのめした相手に恨みひとつ残さぬ。そうした芸当ができる者はまずいないと千葉は笑い、井の中の蛙《かわず》が化けるかもしれぬとも言った。「化ける」とは、日本一の剣豪になることだ。

　咲には理解できなかった。

　だいいち、日本一になるには、男谷精一郎や斎藤弥九郎といった希代の剣客たちと闘わねばならぬ。何よりも、千葉周作と闘って勝たねばならぬのだ。

　そんなこと、できるはずはない。

　だが、心の片隅では期待もしている。

　慎十郎なら、やってのけるかもしれない。

　あれほど、他人に期待を抱かせる男はおらぬと、一徹も感心していた。

　慎十郎はじつに一徹好みの男だと、咲はおもう。

　無骨で荒削り、型破りで豪放磊落《らいらく》、何よりも垢抜《あかぬ》けしていないところがよい。

　こうとおもえば猪のように脇目も振らず、まっすぐ相手に向かっていく。純粋さゆえに闘う者の本能を隠さず、いつもぎらぎらしている。そんな男は、この江戸にいない。しかも、関わった者すべてを魅了するあの底知れぬ大きさ。ともかく、そばにいるだけで、からだじゅうがぽかぽか温《ぬく》んでくるのだ。

　丹波道場に居候しているあいだ、朝に晩に料理もつくってくれた。

　甘鯛《あまだい》を刺身や蒸し焼きにしたり、蛤《はまぐり》の吸い物なども器用にこしらえた。

庖丁《ほうちょう》の扱いが下手な咲は、よくからかわれたものだ。

喧嘩《けんか》もよくしたが、ひとつ残らず楽しい思い出だった。

なのに、どうして「顔もみたくない。出ていけ」などと、つれないことを言ってしまったのだろう。

気づけば、いつも胸の裡で謝っている。

「……咲どの、咲どの」

「え」

諏訪の顔が近くにあった。

「どうか、なされたのですか」

「い、いいえ、別に」

諏訪は大股《おおまた》で歩みより、鼻の欠けた地蔵の頭を撫《な》でまわす。

「咲どの、そろりと肝心なことを聞かねばならぬ。ここで何をしておられた」

「諏訪さまこそ、どうしてここに」

「朋輩《ほうばい》の霊を慰めにまいったのですよ。ほら」

諏訪は手にした樒《しきみ》をみせ、石地蔵の足許に置いた。

「朋輩の迫田六郎兵衛は、石地蔵のそばで斬られたそうです」

「迫田六郎兵衛」

斬殺された侍の名を、咲は記憶にとどめた。

「迫田は拙者と同じ仙台藩の番士でしてね、長沼道場の免許皆伝でもありました」

「まあ」

「ここ数年は仙台におりましてね、あの日、迫田が長沼道場におったら、毬谷慎十郎の快進撃もなかったやもしれぬ。ま、そんなことはどうでもよいのですが。ともあれ、下手人は手練れです。拙者、屍骸を目にいたしました。あの酷《むご》い傷口から推すに、下手人は薩摩示現流の使い手でしょう」

「やはり、そうでしたか」

「役人は辻斬り強盗のたぐいであろうと断じましたが、拙者はそうおもわない。この一件には、きっと裏がある」

裏の事情を探っていけば、下手人を捜しあてることができるかもしれない。

その下手人こそが父の敵なのだと直感し、咲は五体の震えを止められなくなった。

「咲どの、お加減でもわるいのですか」

「何でもありません。じつは、わたくしも迫田どのを斬った下手人を捜しております。諏訪さま、これも何かのご縁。事情は聞かず、わたくしにご協力願えませぬか」

「喜んで」

懸命に懇願する咲を不審がりもせず、諏訪はにっこり微笑んでくれた。

このとき、慎十郎が目と鼻のさきの芝口にいることなど、咲は知る由もなかった。

八

——金魚え、金魚。

夏の物売りが声を張り、露地裏から一服の涼をはこんでくる。

銭湯で垢を搔き、顎鬚《あごひげ》を剃《そ》り、髪を結いなおし、洗濯したての着物を纏えば、凛々《りり》しい毬谷慎十郎が戻ってきた。

「ふはは、生まれかわったぞ。さあ、呑め。がんがん呑め」

注《つ》がれて盃《さかずき》を舐めるのは、男谷道場の奥井惣次だ。

式部小路の辻で声を掛け、髭を剃ってやったら、慎十郎にえらく感謝された。

昨日から、ずっと行動をともにしている。

「毬谷どの、これからどうなされる」

「さあて。また、道場荒しでもはじめるか」

「え、まことに」

「冗談だよ。島田虎之助を倒すためには、もっともっと強くならねばならん」

「廻国修行にでも出ますか」

「いいや、それよりも早道がある」

「何です」

「丹波道場に戻り、一徹どのに稽古をつけてもらうのさ」

「なるほど」

「一徹どのは、ただの老い耄れではない。一度手合わせすればわかるが、あの御仁は本物の剣客よ。されど、そう簡単に戻ることは許されまい」

「咲どのですか」

　惣次に鋭く指摘され、慎十郎は驚いた顔をする。

「おぬし、咲どのを知っておるのか」

「あなたを負かしたおひとですからね」

「わしにとって、咲どのは超えねばならぬ壁。でもな、立ちあうどころか、稽古もつけてくれぬのよ」

「なるほど」

「それにな、まともに立ちあう自信がない」

「なぜでしょうね」

心を寄せているからだとも言えず、慎十郎は顔を赤く染める。

わかりやすい男だと、惣次はおもった。

「どうも、おなごは苦手でな」

「剣も恋も同じですよ。咲どのを好いておられるなら、脇目も振らずに突っこんでいけばいい」

「何を抜かす。咲どのに失礼であろう」

「失礼だろうが何だろうが、当たって砕け散る。それが恋というものでしょう」

慎十郎は煽られて目を白黒させ、大きく溜息を吐いた。

「それができぬのさ」

「なぜです」

「わしにはな、決めたおなごがいる」

「え、そうなのですか」

「ああ。龍野に咲いた芍薬《しゃくやく》の花と評されている姫だ」

「ほう」

名は静乃《しずの》、年は慎十郎より三つ下の十七、出会いは四年前に遡《さかのぼ》る。

「まだ、龍野におられたころのことですね」

「ふむ」

静乃はふだんは江戸に住んでいるが、そのときは祖父に従って故郷へ帰っていた。従者を連れ、裏山へ花摘みに出掛けたさきで山賊どもに襲われたのだ。これを、たまさか通りかかった慎十郎が救った。立木の太い枝を折るや、刀代わりに振りまわし、十余人からの山賊どもをひとり残らず叩きのめしてやった。

「美しい姫でな、ひと目で心を奪われた」

後日、呼びだしに応じて豪壮な屋敷を訪ねてみると、みるからに厳格そうな静乃の祖父が待ちかまえていた。

「褒美は何がよいかと聞かれ、褒美などいらぬから姫をくれと言ったら、爺《じい》さまは刀に手を掛けた。『無礼者、身のほどをわきまえよ』と、入れ歯を剝いたのさ。ふはは、あのときは痛快だった」

「爺さまとは、どなたです」

「龍野藩江戸家老、赤松豪右衛門よ」

「ほほう」

高嶺《たかね》の花に一目《ひとめ》惚《ぼ》れしてしまったのだ。

藩籍を抜かれた浪人と江戸家老の孫娘では、あまりに身分がちがいすぎる。

それでも、あきらめていないところが、恐い者知らずの慎十郎らしかった。

「和田倉門外の上屋敷か、芝口の下屋敷か、住んでおるのはどちらかさ」

「まさか、逢《あ》いにいかれるとでも」

「いずれな」

「一度しか会ったことのない相手の顔など、疾《と》うにお忘れでしょうに」

「それがな、忘れられぬ。夢に何度も出てくるのさ。静乃さまのことをおもうと、ここいらへんが苦しくなる」

慎十郎は、情けない顔で胸を撫でまわす。

「嫌われてもいい。会ってこの気持ちを伝えたいのさ」

ひと肌脱いでやりたいと、惣次はおもった。

恋の橋渡しをしてやるのだ。

「ところで、何故、おぬしは仙台藩を捨てたのだ」

と、慎十郎は唐突に聞いてくる。

惣次は溜息を吐き、遠い目をしてみせた。

「国元の仙台で勘定方をつとめていたのですが、何をやっても失態ばかり。上役に愛想を尽かされて心を病んでしまい、仕舞いには出仕もままならなくなりました」

家督を継いだ兄が優秀すぎて、次男坊の惣次は何をやってもうまくいかず、親の期待を裏切りつづけた。

「いっそ勘当してほしいと泣いて頼んだところ、父があっさり認めてしまいましてね。何やら、侍をやっているのがばかばかしくなった。市中を歩いても白い目でみられるようになり、居たたまれなくなって、ある晩、こっそり家を抜けだしました」

もう、三年前のはなしだという。

「ふうん。わしと似通った境遇だな」

「とんでもない。似ているのは、勘当されて浪人になったところだけですよ。毬谷どのには、明確な目途がある。わが師の男谷精一郎を倒し、千葉周作先生や斎藤弥九郎先生をも斥《しりぞ》け、日の本一の剣士になるという」

「そいつは夢だ」

「夢を持つのは、すばらしいことですよ」

「ふふ、そうか。まあ、呑め」

ふたりは盃《はい》をかさね、二升ほど呑んで居酒屋を出た。

あたりはすっかり暗くなっている。

川をめざして千鳥足で歩いていくと、芝口にほど近い大路の一角に食い詰めた連中が屯《たむろ》していた。

「何であろうな」

かたわらの人影に問うても、こたえは返ってこない。

惣次は酩酊《めいてい》し、足取りもおぼつかない様子だった。

放っておくわけにもいかず、肩を貸してやる。

人待ち顔の浪人をつかまえ、慎十郎は気軽に尋ねてみた。

「おい、何かおもしろいことでもあるのか」

「おぬし、知らぬのか。もうすぐ、ここにお救い小屋が建つのだ」

「お救い小屋」

「ああ、只飯《ただめし》をたらふく食えるぞ。それにな、酒も呑めるらしい」

眉唾《まゆつば》なはなしだ。それに、酒は浴びるほど呑んだので、格別の興味も湧かない。

惣次は道端に屈み、げろげろ吐きはじめた。

「しょうがないやつだな」

背中をさすって介抱していると、屯する者たちが何やらざわめきはじめる。

大路の前後から、無数の御用提灯《ちょうちん》が近づいてきた。

「うわっ、嵌《は》められたぞ。無宿人狩りだ」

大勢の人影が逃げだした。

なかには刀を抜き、捕り方に斬りかかっていく強者《つわもの》もいる。

「うわああ」

怒声と悲鳴が交錯し、食い詰め者はつぎつぎに捕縛されていった。

慎十郎は道端に佇《たたず》み、口をぽかんと開けて趨勢《すうせい》を眺めている。

そもそも、無宿人狩りに出会すのがはじめてだった。

合戦場にいるようで、何やら気分が浮きたってくる。

酔いも手伝ってか、ひと暴れしたくなってきた。

「ふはは、こっちだ。掛かってこい」

大声を張りあげると、捕り方の注目が集まった。

「でかいのがいるぞ。それ、取り囲め」

陣笠《じんがさ》与力《よりき》が叫んでいる。

指揮十手を翳《かざ》すや、捕り方装束の手下どもが群がってきた。

「御用、御用」

神妙にしろと言われても、悪いことをやったおぼえはない。

「戯《ざ》れ言を抜かすな」

腹が立ってきた。

「くわっ」

慎十郎は鬼のように眸子《まなこ》を剝き、御用提灯を睨みつけてやる。

「刃向かってくるぞ。容赦するな」

捕り方の輪が狭まり、突棒《つくぼう》や刺股《さすまた》や袖搦《そでがらみ》といった三つ道具が襲いかかってきた。

「寄るな」

慎十郎は前歯を剝いて威嚇し、近づいた手下のひとりを張り手で吹っ飛ばした。

「おわっ、刃向かってきたぞ」

捕り方が腰砕けになる。

そのとき。

大路の彼方《かなた》から、蹄《ひづめ》の音が近づいてきた。

「酔いのせいか」

耳を疑う。

だが、幻聴ではなかった。

土煙を濛々《もうもう》と巻きあげ、闇をかためたような黒駒が迫ってくる。

「退《ど》け退け、退かぬか」

「うわああ」

捕り方も無宿人たちも、蜘蛛《くも》の子を散らすように逃げだした。

黒駒は慎十郎に向かって、まっすぐ突っこんでくる。

「ふえっ」

惣次は後ろに蹲《うずくま》り、両手で頭を抱えた。

――ひひいん。

黒駒は竿立《さおだ》ちになり、前脚でもがく。

それでも、慎十郎は微動だにしない。

いざとなれば、馬の前脚を刈る気でいた。

黒駒は恐懼《きょうく》したのか、おとなしく前脚をおろす。

「どう、どう」

巧みな手綱《たづな》捌《さば》きを披露する侍は、艶《つや》めいた塗りの陣笠をかぶっていた。

羅紗《ラシャ》の陣羽織も鮮やかで、そうとうに身分の高い人物と見受けられる。

「火盗改頭取《かとうあらためとうどり》、池永修理《いけながしゅり》じゃ。刃向かう者は斬る。容赦はせぬぞ」

高みから見下ろされ、慎十郎は腹を立てた。

だが、容易には刀を抜かない。

斬り捨て御免の権限を許された火盗改頭取だからではなく、かなりの手練れと察したからだ。

「ぬはは、食い詰めの分際でお上《かみ》に逆らおうなどと、百年早いわ。ほれ、抜いてみよ。すぐにあの世へおくってやるぞ」

こやつ、斬っておいたほうがよいかもしれぬ。

みずからの直感を信じ、慎十郎は一歩踏みだす。

五体に殺気を漲《みなぎ》らせたとき、誰かに裾《すそ》を摑まれた。

惣次だ。

顔色が異様に蒼白《あおじろ》い。

「毬谷どの、抗っては駄目だ。ここは縛につこう」

「どうして」

「無宿人が送りこまれるさきは、鉄砲洲《てっぽうず》沖に浮かぶ人足寄場《にんそくよせば》だ。ここで抗って役人を斬ったら死罪。怪我を負わせたら、罪人として流人船に乗せられる。行きつくさきは八丈島《はちじょうじま》、死ぬまで帰ってこられる保証はない」

「そうなのか」

戸惑っていると、梯子《はしご》が四方から迫ってきた。

「囲め、囲め」

鼻先に突きだされた梯子は払いのけたが、別の梯子に背中を叩かれ、たたらを踏んでしまう。すぐさま、左右から二本の梯子で挟まれ、気づいてみれば井桁《いげた》に組んだ梯子の狭間《はざま》で身動きができなくなっていた。

「ふん、命拾いしたな」

馬上の池永は手綱を引きよせ、馬の首を返す。

来たときと同じように、疾風のごとく去っていった。

なにゆえ、町奉行所の捕り方のなかへ、火盗改頭取みずから馬を繰ってきたのだろうか。無宿人狩りの際は単騎で様子を窺いにくるとのはなしだが、真の狙いは判然としない。

ともあれ、強敵が去った以上、逃れようとおもえばできた。

だが、慎十郎は抗うのをやめた。

人足寄場というものを見聞するのもわるくない。

生来の好奇心が、むっくり頭をもたげたのだ。

「ふん、縄を打つがいいさ」

堂々と胸を張り、捕り方に向かって言いはなつ。

「行けい」

与力が怒声を発し、捕り方どもが殺到する。

「ふわああ」

混乱のなか、後ろから棍棒《こんぼう》で頭を撲られた。

道端に目をやると、惣次が何やら必死に叫んでいる。

遠のく意識のなかで、慎十郎は静乃の顔をおもいだそうとした。

ところが、頭に浮かんできたのは、若衆髷《わかしゅまげ》に結った咲の凜々しい顔だった。

九

暑い。

息が苦しい。

「ぬおっ」

跳ねおきた拍子に、手首と足首に激痛をおぼえた。

手足に鉄輪を嵌められ、大の字に寝かされている。

鉄輪は鎖で床に繋がれ、どれだけ足掻《あが》いても引きちぎることはできない。

「けへへ、目を醒ましやがった」

乱杭歯《らんぐいば》の小男が屈みこみ、上から覗きこんできた。

「磯貝《いそがい》さま、このでかぶつ、どうしてやりやしょう」

「さあて、どうするかな」

磯貝と呼ばれた猪首《いくび》の男が、足許からのっそり近づいてくる。

肩に担いだ木刀を振りおろし、いきなり、床を叩いてみせた。

濛々と塵芥《じんかい》があがり、慎十郎は咳《せ》きこんでしまう。

「ごほ、ごほごほ……おいこら、おぬしは誰だ」

「ふふ、鍵役《かぎ》の磯貝亀次郎《かめじろう》よ」

「鍵役」

「ああ、そうだ。人足部屋の鍵を預かる身分でな。丸二日も寝惚《ねほう》けていたおぬしには
わかるまいが、ここは御役所の端にある詮索《せんさく》部屋なのさ」

「詮索部屋だと」

「島抜けをやらかそうとした人足を責めるところよ。ここで責められたやつはあの世

へ逝くか、おれたちの密偵《いぬ》になる」

「糞《くそ》役人め、鎖を外せ」

磯貝は口端を吊りあげ、かたわらに控える鼠に笑いかける。

「小助《こすけ》よ、どうやら、こいつは口の利き方を知らぬらしい」

「へ、そのようで。からだに教えてやりやすか」

「よし、そうしよう」

磯貝はうなずき、手にした木刀を振りあげる。

「ほれ」

びしっと、足の裏を叩かれた。

「ぬうっ」

痛みで声も出ない。

さすがの慎十郎も、土踏まずまでは鍛えていなかった。

「けへへ、磯貝さま、こいつ痛そうな面をしておりやすぜ」

「あたりまえだ。足の裏にゃツボが集まっているからな。おい、でかぶつ。泣いて赦《ゆる》しを請うなら、今のうちだぞ」

残忍な磯貝の顔に向け、慎十郎は唾を吐く。

「ぬわっ、この野郎」

木刀を振りあげたところへ、別の気配が近づいた。

「待て。素姓も聞かず、痛めつけてどうする」

「あっ、元締。申し訳ございません」

元締と呼ばれた偉そうな男が、顔の脇に立った。

「ほう、こやつが火盗改の池永さまを睨みつけた男か。なるほど、なかなかの面構えをしておる」

「おぬしは誰だ」

「わしは樋口才蔵《ひぐちさいぞう》。寄場奉行の坂巻左近兵衛《さかまきさこんのひょうえ》さまから、島の仕切りを任されておる。これより、尋問をおこなう。姓名は」

「毬谷慎十郎」

「年齢と生国をこたえよ」

「播州龍野生まれの二十歳だ」

「龍野藩の藩士ではあるまいな」

「ちがう。浪人だよ」

「身請人は」

「おらぬわ」

故郷の父や兄たち、丹波道場の一徹や咲の顔が浮かんだ。が、迷惑を掛けたくないので、即座に否定する。

「おぬし、捕り方数名に怪我を負わせたらしいな」

「おぼえておらぬ」

「捕り方が死ねば死罪、深傷を負えば遠島は免れぬところであったぞ。もっとも、わしがその気になれば、罪状などいくらでもつくることはできる」

「どういうことだ」

「おぬしの命なんぞ、わしの胸三寸でどうにでもなるということさ」

「ならばなぜ、罪をかぶせぬ」

「これだ」

樋口は立ちあがり、刀を携えて戻ってきた。

「茎《なかご》に藤四郎吉光の銘がきられてあった。それだけではない。恐れ多くも、はばきの表に葵《あおい》の御紋が刻印されておる。どういうことか、説明してもらおう」

慎十郎は溜息を吐き、正直に応じてやる。

「家斉公御下賜の御刀なのさ。わしの父にお与えくださったものだ。案ずるな。父は田舎道場の道場主にすぎぬ」

「田舎道場の道場主が、大御所さまから宝刀を下賜されるのか。戯《ざ》れ言を抜かすと、首が飛ぶぞ」

「信じなくてもいい。聞かれたから応じたまでよ。その刀、欲しいならくれてやる。勝手にすればいい」

「ふん。豪胆なのか、阿呆《あほう》なのか。見極めのつけにくい男よ。わかった。そのはなし、まことかどうか調べておく」

調べはすまい。刀を質屋に流して小金でも稼ぐ腹だろう。

「おぬしは役に立ちそうだ。わしの言うことを聞けば、わるいようにはせぬ。ま、考えておくんだな」

樋口は鍵役の磯貝に命じ、手鎖と足鎖を外させた。

そして、慎十郎に口書への署名と爪印を促し、人足寄場の御条目を読みあげる。賭博《とばく》や窃盗や島抜けは死罪、徒党を組む者は遠島などといった内容だった。

去りかけた樋口の背中に、慎十郎は問いかけた。

「ひとつ教えてくれ。奥井惣次という男はどうなった」

「さあて。奥井などという名は、おぼえておらぬ。なにせ、島には五百人からの無宿がおるのだからな」

「五百人もいるのか」

人足は手に職のある者とそうでない者に分けられ、手に職のある連中は大工や左官、紙漉《かみす》きや彫刻や鍛冶《かじ》などをやり、手に職の無い連中は米搗《こめつ》きや炭団《たどん》づくり、藁細工《わらざいく》や漆喰《しっくい》づくりなどをやる。ほかには女無宿の集団もおり、柵《さく》で区切られた別棟で人足たちの着る服を木綿で織ったり仕立てたりしていた。

人足寄場は「島」と通称され、島を統轄する元締は小普請世話役格五十俵三人扶持《ふち》の歴とした幕府の役人だった。配下の下役は二十俵二人扶持の軽輩で、人数は三十人余りおり、手業掛かり、見張役鍵番役、搗場《つきば》掛かり、畑掛かり、蠣殻灰《かきがらばい》製所掛かりなどと細かく分かれ、これとは別に見張番や門詰なども配されている。鍵役を除けば隔日交替で宿直し、人足たちの仕事ぶりを監視するのだが、下役たちは木刀を携えており、怠けている者は厳しく折檻《せっかん》された。

寄場奉行は無論のこと、南北町奉行所の同心や小人目付《こびとめつけ》なども巡回に訪れるため、人足寄場から逃げることは容易でない。島抜けに失敗すれば死罪なので、冒険しようとする者は皆無に等しかった。

「七日に一度の割りで、五十人を超える新入りが島へ連れてこられる。増えすぎたら食べさせてゆけぬゆえ、間引きせねばならぬ。ふふ、おぬしも間引きされぬよう、せいぜい気をつけることだ」

意味深長な台詞を残し、元締の樋口は居なくなった。

乱杭歯の小助が、柿色に白の水玉模様を染めた仕着せを寄こす。

「女人足が三人ぶんの布で縫った仕着せだぜ。そいつを着れば、おめえも立派な水玉人足になれらあ。ぬひひ」

下品に笑う小助は、花色に白い水玉の仕着せを纏っていた。

世話役と呼ばれる人足頭は、平人足たちと仕着せで区別されている。古参で目端の利く者から選ばれるが、下役の密偵なので平人足たちからは蛇蝎《だかつ》のごとく嫌われていた。

ただ、下手に刃向かえば過酷な責め苦を受けねばならぬので、みな、怒りを腹にためてじっと怺《こら》えている。

むしろ、自分も世話役になって楽をしようと、媚《こ》びを売る者のほうが多い。

世話役にさえなれば「間引き」されることもないし、娑婆《しゃば》へ戻される幸運にも恵まれやすい。晴れて娑婆へ戻される日を夢みながら、水玉人足たちは重労働に勤《いそ》しんでいるのだ。

鍵役の磯貝が臭い息を吐きかけてくる。

「おぬし、奥井惣次の行方が知りたいのか」

「ああ、そうだ。何処《どこ》にいる」

「今は教えられぬ。教えてほしいなら、新部屋でおとなしくしているんだな」

「おとなしくしていれば、教えてくれるのか」

「ああ、教えてやろう。それまでに、おぬしも奥井も生きていればのはなしだが。くくく」

「この野郎。あいつに何をやった」

胸倉を摑もうとするや、木刀を鼻先に突きつけられた。

「そこまでだ。刃向かえば、どうなるかわかっておろうな」

「くっ」

慎十郎は怒りを抑え、磯貝を睨みつける。

「奥井惣次に手を出したら、ただでは済まぬぞ」

「ふん、偉そうにしていられるのも今のうちさ。人足部屋に行けば、どんな虎でも牙《きば》を抜かれ、借りてきた猫のようにおとなしくなる」

嘲笑《ちょうしょう》する磯貝に送りだされ、詮索部屋から裏口へ抜けていった。

外へ出ると、凶兆を予感させるかのように、どんよりとした雨雲が垂れこめている。

ここは佃島《つくだじま》と石川島《いしかわじま》のあいだに築かれた中洲《なかす》、三角に区切られた敷地は一万五千坪にもおよぶ。

北西の隅田《すみだ》川《がわ》に面して門がひとつだけあり、門から内に入ると高い塀に矢来をめぐらせた役所が聳《そび》えている。無宿者の人足たちを収容する長屋は門の左右に二棟、役所の裏手に一棟、ほかに病人置場と女置場が一棟ずつ、そして、二棟の細工小屋が建てられていた。

潮の香りはするものの、外周を囲む高い塀に阻まれ、外の景色はみえない。

先導する小助は役所の裏手に建つ長屋へ向かった。

長屋は一番から七番までの部屋に区切られ、ほかに新入りを迎える新部屋がある。

小助は長屋の端に位置する新部屋まで進み、さも愉快そうに慎十郎を促した。

「さあ、新入り。ここが地獄の一丁目だ。せいぜい、楽しんでこい」

背中を押され、異様な臭気の籠《こ》もった部屋に踏みこむと、薄暗がりのなかに赤い眸子が無数に光っている。

どうやら、新部屋は「狼の穴」と呼ばれているらしかった。

十

部屋に身を入れた途端、殺気が膨らんだ。

水玉の仕着せを纏った人足どもが、三方から躙りよってくる。

「磯貝さまの言ったことを忘れるな。抗ったら、連れの行方は教えねえぜ」

小助は耳許で囁き、小狡《こずる》そうに笑いながら消えていく。

「それっ」

やにわに、人足どもが襲いかかってきた。

みな、手に手に角材を握っている。

「食らえ」

ひとりが額めがけ、角材を振りおろす。

――ばきっ。

角材はふたつに折れ、裂けた額から流れた血が鼻梁を伝った。

「てえしたことねえぞ。やっちまえ」

血をみて興奮した連中が、どっと群がってくる。

慎十郎は蹲り、両腕で頭を覆った。

角材で叩かれるに任せていると、調子に乗った連中は撲る蹴るの暴行をくわえはじめる。

そうやって、四半刻（約三十分）も耐えつづけたであろうか。

水玉の仕着せはぼろぼろになり、顔は腫《は》れあがった。

人足どもの背後から、重々しい声が響いてくる。

「やめろ。そのくれえにしておけ」

人足どもが、さっと離れていった。

慎十郎は蹲ったまま、じっと動かない。

痛みはあるが、見掛けほどの深傷ではなかった。

せいぜい、肋骨《ろっこつ》の何本かに罅《ひび》がはいった程度だろう。

「そいつを連れてこい」

人足どもに両腕を取られ、暗がりの奥へ引きずられていく。

そこに縁無しの畳が堆《うずたか》く積まれ、小太りの男が座っていた。

「おれのことがみえるけえ」

腫れた瞼《まぶた》が庇《ひさし》のように覆いかぶさり、慎十郎の顔は別人のようだ。

が、相手のことは、はっきりみえている。

花色に水玉の仕着せ、小助と同じ世話役だ。

自分のほうが格上とでも言わんばかりに、畳のうえでふんぞり返っている。

「ふへへ、ひでえ面になったなあ。色男が台無しじゃねえか。おめえ、名は」

「名無しの権兵衛」

「ふざけんじゃねえぞ。ツルはあんのけ」

「ツル。何だそれは」

「知らねえのか。はなしにならねえな。この島じゃ侍《さむれ》えも町人も区別しねえ。ツルのねえやつは屑《くず》だ。屑は肥溜《こえだ》めに捨てられる。糞《くそ》まみれになってあの世へ逝くっきゃねえ」

世話役が顎をしゃくると、ひときわ図体《ずうたい》のでかい人足が近づいてきた。

角材ではなく、鋼の棒を握っている。

真横に立って上から見下ろすや、掲げた棒を振りおろしてきた。

「ぬおっ」

棒の先端が慎十郎の脳天をとらえた。

と、おもいきや、巨漢のからだは宙に浮きあがる。

咄嗟《とっさ》に手首を摑み、柔術の要領で投げつけたのだ。

巨漢は背中を床に叩きつけ、白目を剝いて伸びた。

ほかの連中は呆気《あっけ》に取られ、空唾《からつば》を呑みこむ。

慎十郎は立ちあがり、畳のほうへ歩みよった。

世話役は畳の端に後退《あとずさ》る。

「寄るな、寄るんじゃねえ」

「ふん、おぬしは牢名主《ろうなぬし》か」

「ちがう。そんなんじゃねえ。おれは閻魔《えんま》の藤吉《とうきち》ってもんだ」

「閻魔。たいそうな綽名《あだな》ではないか」

仰けぞる藤吉に顔を近づけ、ふっと息を吹きかけてやる。

「うわっ、やめろ」

縮みあがる肩に手を置き、ぐいっと引きよせた。

「わしは毬谷慎十郎だ。よろしくな」

ほっと安堵《あんど》する藤吉の顔を眺め、慎十郎は弾けるように嗤いだす。

「ぶはは、情けない面だ。閻魔が聞いて呆《あき》れる」

大口を開けすぎて、顎が外れてしまう。

顎に手を当てて嵌めると、人足たちから笑いが漏れた。

「あんた、おもしれえな」

藤吉も、にっと笑う。

「この部屋にいる連中は、島に連れてこられてまだ日が浅《あせ》え。おれはこの島に来て三年になるが、奥の部屋に行きゃ古参の連中がいる。なかにゃ、娑婆よりも居心地がいいなんぞと平気な顔でうそぶく輩《やから》もいるほどでな、いつまで経っても島から出ていかねえ。へへ、どうしてか、わかるかい」

「さあな」

「そいつらはたいてい、罪を犯しているのさ。辻強盗なんざかわいいもんでな、人殺しもごろごろいるんだ」

本来なら、土壇に引きずられて斬首されるべき極悪人が、人足のなかに混じっているという。

「目立つ野郎は命を狙われる。あんたもせいぜい、寝首を掻かれねえように気をつけるこった」

「ご忠告なら、ありがたく聞いておこう」

慎十郎は不敵に笑い、部屋の隅に向かった。

「おい、誰か傷の手当てをしてやれ」

藤吉が声を張りあげ、尻《しり》に敷いた畳を一枚抛《ほう》りなげる。

若い人足のひとりがこれを拾い、水桶《みずおけ》と布切れを手にしてやってきた。

「旦那《だんな》、あっしは甚兵衛《じんべえ》と言います。傷の手当てを」

「ああ、よろしくな」

畳に座り、手当てをさせるに任せていると、耐えがたいほどの眠気に襲われた。

宿敵

一

人足寄場の朝は早い。

慎十郎はまだ明け初めぬうちに起きだして、すぐに搗場《つきば》で米搗《こめつ》きをやらされ、油しぼりに薪割《まきわ》りといった力仕事はもちろん、炭団《たどん》づくりや藁細工《わらざいく》といった物作りにも駆りだされた。

怪我の手当てをしてくれた甚兵衛は指物師《さしものし》らしく、手先が器用なので大工部屋で手仕事をしている。そのため、ほかには喋《しゃべ》りかけてくれる者もなく、慎十郎は淋《さび》しいおもいをした。

飯は朝晩だけで、昼飯はない。

夕方になれば、腹が減って喋るのも億劫《おっくう》になった。

三日もすると、人足寄場の事情もあらかたわかってきた。

さまざまな決まりは、暗くなった新部屋で甚兵衛が教えてくれた。

「ひとつ、女置場には近づかぬこと」

女人足との交流は厳禁、柵越《さくご》しにことばを交わしても処罰される。

「ひとつ、病人は病人置場に運び、治療を施すこと」

たいせつな労働力を損なわぬよう、流行病《はやりやまい》に罹《かか》った者などは素早く隔離される。ただし、重病人は船に乗せて小石川養生所《こいしかわようじょうしょ》まで運ばれ、死人は千住《せんじゅ》の回向院《えこういん》墓地に葬ってもらえる。

「ひとつ、道三堀《どうさんぼり》への荷運びは古参の者にかぎること」

囲いの外にある船着場へは、朝と夕に二度、艫《とも》に「御用」の幟《のぼり》を立てた茶船がやってくる。武家屋敷の廃材として捨てられた檜《ひのき》の木切れを運ぶのだが、これが桶《おけ》や盥《たらい》の材料となった。

帰り船には完成させた木工細工のほかに、炭団や鼠半紙《ねずみばんし》などが大量に積みこまれる。炭団は紀州熊野《きしゅうくまの》産の炭からつくるので火持ちが良く、反古紙《ほごがみ》から漉《す》きなおす紙も安価な「島紙」として江戸市民に重宝されていた。

こうした品々は「島物」として仲買に卸され、江戸市中に広く売られていく。人足たちは罪人ではないので、売上げから幾らかの給金を貰《もら》うことができた。給金は積みたてておかれ、島を出るときに受けとるのだが、慎十郎からすれば給金を貰えるというだけでも驚きだった。

人足たちは働きや素行によって厳格に分けられ、朝夕の食事は味噌汁《みそしる》に米麦合わせて一升、七合、五合といった段階があり、改悛《かいしゅん》の情が著しい者には三貫文、五貫文、七貫文と段階を設けて褒賞まで与えられた。

ほかにも細々とした御定法《ごじょうほう》がいくつもある。

たとえば、世話役は縁無しの琉球畳《りゅうきゅうだたみ》で寝ることができ、平人足は寝子駄《ねこだ》という藁《わら》縄《なわ》を編んだ筵《むしろ》に寝なければならないとか、人足の寝起きする部屋には世話役ひとりを置き、不寝番《ねずばん》は世話役と平人足ふたりが就くとか、冬は炬燵《こたつ》が許されるとか、女人足はお歯黒を付けてもよいとか、三日ごとに漢学の講義を受けねばならないとか、そういったことだ。

御定法を破れば、厳しく罰せられる。

だが、表と裏の顔はちがっており、裏にまわれば何がおこなわれているのかわからなかった。昨日まで見掛けていたはずの顔が今日にはいない、などということもしばしばで、厳禁とされる博打《ばくち》なども人足部屋では夜な夜なおこなわれているという。

指物師の甚兵衛は、じつにさまざまなことを教えてくれた。

みなが慎十郎を避けるなか、ただひとり気に掛けてくれたのだ。

おたがいに気心が通じるようになったころ、甚兵衛は自分のことを喋りだした。

「おいらにゃ、おしんという恋女房がいる。神楽坂《かぐらざか》上の藁店へ置き去りにしてきちまった。もうすぐ、臨月を迎えるんだ。なのに、おいらはそばにいてやれねえ」

人足寄場に送られた理由を問うと、哀れな指物師は悔し涙を浮かべた。

「実の兄とも慕っていた相手に騙《だま》されたのさ」

事情も聞かずに借金の請人を引きうけ、金貸しに五十両もの大金を返さなくてはいけなくなった。全部は返せないと言ったら、お上に訴えられ、情状は酌量されたものの、騙されたほうにも落ち度はあると判じられ、人足寄場送りになった。

「おいらが莫迦《ばか》だった。おしんに逢《あ》いてえ」

同情はしてやれても、助けてやることはできない。

「旦那、こいつをみてくれ」

甚兵衛は、掌《てのひら》をひらいた。

檜でつくった独楽《こま》が載っている。

「どうだい、いいできだろう。生まれた子が倅《せがれ》なら、こいつをやろうとおもってね」

「娘だったら、どうする」

「考えているよ。娘なら、こけしさ。そいつを今からつくるんだ。でもな、夜更けに木を削っていると、虚《むな》しくなってきやがる。いつ帰《け》えしてもらえるかもわからねえ。こんなところにいつまでも燻《くすぶ》ってなんぞいられねえ。そうやって、焦りだけが募ってきやがる。正直、おいらはもう、島の暮らしにゃ耐えられねえ。これほど辛《つれ》えなら、いっそのこと」

死んじまいたいと言いかけた口を、慎十郎は手でふさいだ。

「壁に耳ありだぞ。滅多なことを言うもんじゃない」

強い口調でたしなめると、甚兵衛は魂を抜かれたようになった。

人足寄場では、ごくふつうの人間がおかしくなってしまうのだ。

何かが狂っていると、慎十郎はおもわずにいられない。

四日目の夕刻。

作業場の端から女の悲鳴があがった。

柵の向こう、女置場のなかだ。

急いで向かってみると、柵のこちらで人足たちが人垣をつくっていた。

「このあばずれめ、こうしてくれる」

泣きさけぶ女は、下役に笞《むち》で打たれている。

「あの女はおくずだ。小銭を盗んだらしいが、どうせ、でっちあげさ」

おくずは「盗んじゃいない、盗んじゃいない」と泣き叫んでいる。

花色の地に水玉模様の仕着せを纏《まと》った世話役も三人おり、乱杭歯《らんぐいば》を剝《む》いた小助の顔もあった。

「おら、おとなしくしな」

小助たちは三人がかりで暴れる女を縛りあげ、髪の毛を摑《つか》んで引きずっていく。

と、そこへ。

別の女が立ちふさがった。

「おやめよ。あんまりじゃないか」

齢《よわい》は十八、九だろう。

鼻筋の通った美しい娘だ。

世話人たちも叱《しか》るどころか、きまりわるそうに薄ら笑いを浮かべる。

「ふふ、弁天さまのお出ましかい」

鼻を鳴らしたのは、小助だった。

「おりくよ、しゃしゃり出ねえほうが身のためだぜ。いくら後ろ盾のあるおめえでも、囚《とら》われの身にかわりはねえんだ。あんまり聞き分けのねえことを言うと、おくずの二の舞いになるぜ」

　どんと肩を押され、おりくと呼ばれた「弁天さま」は尻餅《しりもち》をつく。

「くそったれ」

　捨て台詞《ぜりふ》を吐き、おりくは小屋に消えていった。

　遠巻きに眺めていた人足たちは、三々五々、柵のそばから離れていく。

　慎十郎は怒りを抑え、去りかけた人足のひとりに声を掛けた。

「おい。おくずという女は、どうなる」

「ふん、毎度のことさ。下役どもはわざと難癖をつけ、ああして女を詮索《せんさく》部屋に引っぱっていくんだ」

「引っぱって、どうする」

「きまってんだろう。輪姦《まわ》すのさ」

「何だと」

「余計なことはしねえほうがいい。首が飛ぶぜ」

　おくずはとみれば、役所の裏口から連れこまれていった。

　地団駄を踏んで口惜しがっても、どうなるものでもない。

人足たちはすっかり消え、慎十郎は柵のそばに残された。

「あんた、どうしてそんなに口惜しがってんのさ」

柵の向こうから、女が声を掛けてくる。

小屋に消えたはずの「弁天さま」だった。

水玉の仕着せを纏い、黒髪を後ろで無造作に束ねている。

黒目がちの大きな眸子《まなこ》でみつめられると、心の奥を覗《のぞ》かれているようだった。

「その気があんなら、助けておやりよ。命を賭《か》けてね」

「命を賭けて」

「ああ、そうさ。でも、あんたはどうせ、島の女に命なんぞ賭けやしないんだろう」

「いいや、女を救うためなら、命なんぞ惜しくはない」

「えっ。本気で言ってんのかい」

「ああ、本気だ。生まれてこの方、嘘を吐《つ》いたことはない」

「ふうん。妙な旦那《だんな》だね」

おりくは艶《なま》めかしく微笑《ほほえ》み、くるっと踵《きびす》を返す。
二、三歩進んで振りむき、小首をかしげてみせた。
「そのお仕着せ、わたしが縫ったんだよ」

「えっ」

「ずいぶん、ぼろぼろになっちまったね」

笑いながら去っていく後ろ姿に、慎十郎は見惚《みと》れてしまう。

背後に人の気配が近づき、嗄《しわが》れた声を掛けられた。

「こら、おなごと喋るのは御法度じゃ」

振りむけば、矮軀《わいく》の老人が立っている。

「世話役にみつかったら、半殺しの目にあわされるぞ。ぬふふ、もっとも、おまえさんは責め苦の通じぬ化け物じゃと聞いたが」

「おぬし、何者だ」

「名は平八《へいはち》、川浚《かわさら》いの爺《じじい》じゃよ」

水玉人足であることにかわりはない。この島に根が生えたようなものだと、皺《しわ》のなかに目鼻を隠して笑う。

「おりくは、腕のいい壺振《つぼふ》りじゃ」

「壺振り」

「ああ、壺を振って出したい賽《さい》の目を自在に出すことができる。いかさま博打の壺振りでな。半年前、鉄火場の手入れでお縄になり、この島へ送られてきた」

背中に見事な弁天の彫り物があり、それが綽名《あだな》となった。

「後ろ盾がどうのと、小助が言っておったが」

「噂《うわさ》じゃよ。闇《やみ》の世を牛耳る恐い連中と繋《つな》がっているとかどうとか。そいつを下役や世話役どもは信じ、恐れているのじゃ」

「ふうん」

「じゃがな、役所のやつらは性根の腐った悪党どもだ。おりくが引っぱられるのも、そう遠いはなしではなかろう」

「役人に秩序はないのか」

「ふん、青臭いことを抜かすな。この島に秩序なんぞあるわけがない。大きい声では言えぬが、元凶は元締さ」

「何だと、樋口才蔵も悪党なのか」

「しっ、声がでけえ。元締のやつが先頭に立って、悪いことをしていやがる」

平八老人のはなしは、信じがたいものだった。

島の役人たちは、巧みな方法で不正をおこなっている。

たとえば、人足たちのつくった品物の売上げをちょろまかしたり、人足たちに支払うべき手間賃を掠《かす》めとったりしていた。

「人足は罪人じゃねえ。働きに見合うだけの手間賃を貰えることになっている。ところが、島を出るときまでは手にできねえ。ここがミソじゃ」

飯代、髪結代、鼻紙代などと、さまざまな名目で給金からごっそり差っ引かれる。それでも、貰える者は運がいい。間引きされた連中の手間賃はみな、役人どもの懐中にはいるという。

「盗人《ぬすっと》ではないか」

「そのとおり。この島に罪人がいるとしたら、役所にいる連中さ。もちろん、下っ端だけでこれだけの悪事はできねえ。何せ、やつらは、年に何千両と稼いでいやがるんだかんな」

「何千両」

「ああ、そうさ。下役どもは元締の指図で動いていやがるんだ」

抗《あらが》って正義を貫こうとする役人はいないのかと、慎十郎は嘆いた。

「骨のあるやつは、ひとりもいねえ。元締の言いなりになっていりゃ、たっぷり甘い汁を吸えるんだからな」

「むう」

腹の底から、怒りが迫《せ》りあがってくる。

「せいぜい、怒りを溜《た》めこむんだな」
平八老人は「ぬひひ」と薄気味悪い笑いを残し、病人置場のほうへ去っていく。
唐突に、奥井惣次のことが頭に浮かんだ。
この島では、したたかでなければ生きていけない。
あいつ、まだ生きているのだろうか。
慎十郎には、案じられてならなかった。

二

翌朝、川端に女の死体が浮かんだ。
茶船に荷を取りにいった人足がみつけたのだ。
昨夕、下役たちに連れていかれたおくずという女だった。
悪党どもに傷つけられたあげく、舌を噛《か》み、芥《ごみ》のように捨てられたのだ。
わざとみせつけるかのように、屍骸《むくろ》は堂々と汀《みぎわ》に捨ててあった。
人足たちは口に出さなかったが、怒りを腹に溜めこんでいた。
これが最初ではない。目をつけられた女人足は詮索部屋に連れていかれ、下役たちに責め苦を負わされたうえに、性の道具とされる。多くは娼婦《しょうふ》となり、世話役どもに下げわたされた。

慎十郎は耐えがたい怒りをおぼえ、役所へ乗りこむ腹を決めた。

そうしたなか、寄場奉行の坂巻左近兵衛が視察に訪れることとなった。

役高は二百俵二十人扶持《ふち》にすぎぬ旗本であるにもかかわらず、仰々しく供人をしたがえ、偉そうにやってくる。

肥えたからだを高価な絹地の着物に包み、脂ぎった面をさらしていた。

「蝦蟇《がま》め」

おもわず、慎十郎はつぶやいた。

蝦蟇奉行の先導役は、牛のような体軀の目付きの鋭い四十男だ。

油断のない物腰から推すと、手練《てだ》れにちがいない。

「小人目付の拝郷一馬《はいごうかずま》じゃ」

平八老人がいつのまにか隣に立ち、そっと教えてくれた。

「拝郷は、薩摩示現流の達人らしい」

「ふうん、示現流か」

少しばかり、剣客としての興味が湧く。

示現流は薩摩藩の御留流なので、実際に使う者をほとんど知らない。

「小人目付になってまだ日は浅い。この島で見掛けるのも三度目でな」

拝郷は露払いよろしく坂巻を先導し、人足寄場を隈無《くまな》く視察してまわった。

役人どもの不正を直訴するにはまたとない機会であったが、慎十郎の勘がそれを許さなかった。

坂巻という寄場奉行に、底知れぬ冷たさを感じたのだ。

視察が終わりかけたころ、元締の樋口が坂巻に耳打ちした。

人足たちは働きながらも、役人たちの様子をそれとなく窺《うかが》っている。

噂が流れてきた。

「島抜けをやらかした人足がいるらしい」

捕まった男の名は「甚兵衛」だと聞き、どきんと鼓動が跳ねた。

人足たちへの見懲らしとして、これより寄場奉行立ちあいのもと、斬首刑《ざんしゅけい》がおこなわれるという。

「何だと」

慎十郎は駆けだした。

役所の裏手は竹矢来に囲われ、すでに人垣ができている。

筵の敷かれたあたりが土壇であろう。
筵の手前に、穴が深く掘られている。
寄場奉行の坂巻と元締の樋口は並んで床几《しょうぎ》に座り、下役たちが背後に控えていた。
「あ、島抜け男だぞ」
野次馬どもが騒ぎだす。
水玉の仕着せを纏った男が、世話役に連れてこられた。
縄を握るのは、乱杭歯の小助だ。
縛られた男は、甚兵衛であった。
蠟《ろう》のように蒼白《そうはく》な顔をしている。
「甚兵衛、甚兵衛」
慎十郎は矢来にしがみつき、大声で叫んだ。
甚兵衛はこちらを向き、悲しげに眉《まゆ》をさげる。
鯉のように口をぱくつかせたが、ことばを聞きとることはできない。
「矢来から離れろ」
下役たちが怒鳴りあげ、手にした六尺棒を突きだしてくる。
鍵《かぎ》役の磯貝もいた。

喜々として、人足どもを棒で突っつく。

「騒ぐでない」

揉《も》めているあいだにも、甚兵衛は土壇へ引きずられていった。

筵に座らせられ、島紙で顔を隠される。

震えながら、女房の名を繰りかえしていた。

「……おしん、おしんよ」

前屈《まえかが》みになると、懐中から何かが転げおちた。

小助がこれを拾い、竹矢来の外へ抛《ほう》りなげる。

拾った人足が「こけしだ。こけしだぞ」と叫んだ。

甚兵衛が生まれてくる娘のために削った贈り物だ。

元締の樋口が立ちあがり、厳《いか》めしげに口上を述べる。

「島抜けは御法度。御定法に則《のっと》り、甚兵衛を斬首といたす」

女人足のあいだからは、啜《すす》り泣きが聞こえてきた。

坂巻が座ったまま、顎《あご》をしゃくる。

「拝郷、斬首せよ」

「はは」

あらかじめ命じられていたのか、小人目付の拝郷は渋柿色の鉢巻に襷掛《たすきが》けという扮装《いでたち》だった。

無骨な黒鞘《くろさや》に納められた刀は二尺そこそこ、牛革で包んだ柄《つか》は長太く、鍔《つば》は小さい。

「薩摩拵《さつまごしら》えか」

慎十郎はつぶやいた。

土壇の脇では、小助が水桶《みずおけ》を用意している。

拝郷は黙然と歩みより、刀を抜きはなった。

小助が柄杓《ひしゃく》で水を掬《すく》い、刀の切っ先を濡《ぬ》らす。

本身は厚みのある直刀、示現流の剣客らしい持ち物だ。

慎十郎は無駄な抵抗をやめ、甚兵衛の最期をじっくり見届けることにした。

拝郷は浄《きよ》めた刀を斜め下にさげ、滑るように躙《にじ》りよる。

「うわああ、やめてくれ。おれはまだ死にたくねえ」

暴れだす甚兵衛を、小助たちが押さえつける。

往生際の悪さはみっともないほどだが、無理もなかった。

若い指物師に侍のような潔さを求めるほうが、まちがっている。

「騒ぐんじゃねえ」

小助に頭を撲《なぐ》られ、甚兵衛は無理に首を出させられた。
拝郷が背後にまわりこみ、刀を頭上高く構える。
示現流の上段、蜻蛉《とんぼ》の構えだ。
「ちぇーい」
猿叫が響いた。
――ぶん。
刃音が唸《うな》る。
首が落ちた。
「お見事」
発したのは、樋口であろう。
慎十郎の両目から、涙が溢《あふ》れてくる。
心優しい甚兵衛は逝った。
短いつきあいだったが、よくしてもらった。
助けてやることのできない自分が情けない。
処刑は終わり、坂巻も拝郷も島から去った。
悪夢の去った午後。

慎十郎は細工部屋を抜けだし、奥井惣次を捜していた。

収容されているとすれば病人置場しかないが、侵入するのは難しい。

何とかして、惣次に再会したかった。

人の温かみに触れたくなったのだ。

病人置場は女置場に隣接している。

柵に近づくと、女の声が聞こえてきた。

おりくだ。

すがたはみえない。

「こっちを向いちゃいけないよ。あんた、毬谷慎十郎だろう。島に送られてきた読売《よみうり》で目にしたことがあるんだ。吉原《よしわら》で花魁《おいらん》を助けた旦那だろう」

「そういうこともあったな」

「大奥から女中奉公の娘を救ったのも、あんただよね」

「なぜ、それを」

「菰《こも》の重三郎《じゆうざぶろう》を知ってんのさ。娑婆《しやば》じゃ、ずいぶんお世話になってねえ」

「そうだったのか」

重三郎は、江戸の闇を牛耳る本物の元締だ。

　慎十郎は魚河岸に跋扈《ばっこ》する納屋役人の一件でお上にたてつき、捕まって百叩《たた》きの刑に処せられたが、声ひとつあげなかった。そのことで菰の重三郎に男惚《ぼ》れされ、何かと懇意にしてもらった。重三郎の娘は大奥に女中奉公していたのだが、魑魅魍魎《ちみもうりょう》の跋扈する大奥から娘が救いだされたのは、慎十郎や咲の活躍があったからだ。

「この島にはね、裏の元締がいなさるんだよ。娑婆にも通じていなさってね、菰の元締とは兄弟以上の間柄なのさ。あんたのことは、そのお方から聞いた。菰の元締のお墨付きだってこともね」

「ふうん」

「島の役人たちはひどい。やりたい放題さ。わたしたちは、救い主を待っていたんだ。あんたがなってくれるよね」

「わしがか」

「いやだとは言わせないよ」

　おりくはすがたをみせた。

　黒髪に滴るような白い沙羅《しゃら》の花を挿している。

「これ、あんたにあげる」

　妖《あや》しげに微笑み、懐中から何かを取りだした。

こけしだ。

生まれてくる子のために、甚兵衛が丹精込めてつくったこけしだった。

「頼んだよ」

おりくの気配が消えた。

杏子《あんず》色の夕陽《ゆうひ》が、高い塀の向こうに沈んでいく。

仕事に勤《いそ》しむ人足たちの輪郭も、夕陽に溶けてしまう。

「救い主か」

慎十郎はほっと溜息《ためいき》を漏らし、細工部屋のほうへ戻っていった。

三

――きりっ、きりっ。

天空を横切るのは、鰺刺《あじさし》であろうか。

海猫よりはずいぶん小さく、白燕《しろつばめ》の異称もある。

島に来て七日目の夕、慎十郎は新部屋から四番部屋へ移されることとなった。

迎えにきたのは、乱杭歯の小助だ。

「へへ、四番部屋は死番《しばん》部屋といってな、送りこまれたら二度と戻ってこられねえ。首無し死体で川に浮かぶか、鱠《なます》に刻まれて鳥の餌になるか、ふたつにひとつさ」

「なるほど、おもしろい」

「偉そうにしていられんのも、今のうちだぜ」

小助に言わせれば「明日の朝まで生きていられたら、褒めてやる」とのことだ。

「さあ、行ってこい」

部屋に踏みこんでみると、新部屋よりも人足の数は少なかった。

二十人にも満たない。

ただ、人足たちの目付きがちがう。

人を殺したことのある者たちの目だ。

慎十郎は合点した。

この部屋には、本物の罪人が集められているのだ。

人足が増えすぎると、この「死番部屋」に送りこみ、すみやかに「間引き」されるにちがいない。

部屋のなかを見渡しても、違う色の仕着せを纏った世話役は見当たらなかった。

みな、押し黙ったまま、ばらばらに蹲《うずくま》っている。

慎十郎は床に立ち、大声を張りあげた。

「わしは播州浪人、毬谷慎十郎だ。今日から、この部屋で厄介になる。みなの衆、よろしく頼む」

返事をする者もいない。

慎十郎は人足のひとりに近づき、隣にどっかり座った。

「よろしくな」

手を差しのべると、入れちがいに刃物がきらりと光る。

いつのまにか、剃刀《かみそり》を喉《のど》もとにあてがわれていた。

「気易《きやす》く声を掛けるんじゃねえ」

凄《すご》まれても、にっこり笑ってやる。

ちっと、舌打ちをかまされた。

男は剃刀を仕舞い、隅の暗がりに消える。

なるほど、小助の言ったとおりだ。

ここは危うい連中の巣窟《そうくつ》らしい。

日没となり、夕餉《ゆうげ》が出された。

一瞬でかっこみ、ごろんと横になる。

「ぬう」

やにわに、腹痛が襲ってきた。

尋常な痛みではない。

額から、脂汗が滲《にじ》みでてくる。

「くそっ」

一服毒を盛られたにちがいない。

部屋の隅に掘られた雪隠《せっちん》に走った。

口に手を突っこみ、無理に吐こうとする。

なかなか吐けず、頭が朦朧《もうろう》としはじめた。

「……み、水をくれ。誰か、水を」

掠れた声を出すと、人足のひとりが水桶を寄こす。

桶を覗いてみると、蛆虫《うじむし》が無数に蠢《うごめ》いていた。

「この野郎」

桶を叩きつけ、ふらつきながら入口へ向かう。

扉のまえに、いくつもの人影が立ちふさがった。

「退《ど》け。外に出してくれ」

人影のひとつが喋った。

「おめえ、道場荒しの毬谷慎十郎だってな。娑婆じゃどれだけ強《つえ》えか知らねえが、この島じゃ通用しねえぜ。今夜が年貢の納めどきだ。覚悟しな」

九寸五分（約二十九センチメートル）の匕首《あいくち》が伸び、肩口に突きささる。

焼き鏝《ごて》を当てられたような痛みが走り、慎十郎は呻《うめ》き声をあげた。

「くそっ」

こんなところで死ぬわけにはいかない。

肩に刺さった白刃を抜きとり、床に投げすてる。

背後に殺気が迫った。

「ふん」

咄嗟《とっさ》に後ろ蹴《げ》りを繰りだす。

――どすっ。

人足のひとりが白目を剝いて倒れた。

「殺《や》っちまえ」

左右から、蒼白《あおじろ》い白刃が伸びてきた。

慎十郎はどうにか躱《かわ》し、人足ふたりを撲りたおす。

さらには、正面から突いてきた男の頬桁《ほおげた》を、足の甲で蹴りつけた。

「ぐひゅっ」

寄ると触ると撲りたおし、蹴りつけ、気づいてみると、刃向かう者はいなくなった。

腹痛も嘘のようにおさまっている。

そのとき、入口の扉がぎっと軋《きし》み、人影がひとつあらわれた。

雲をつくほどの巨漢だ。

頭をさげ、扉をくぐってくる。

「ぬへへ、毬谷慎十郎め。おれのことを忘れたとは言わせねえぜ」

闇を背にした男の顔に、手燭《てしょく》の灯《あかり》が翳《かざ》された。

「ん」

どこかで、みたことがある。

「おぬし、辻相撲《つじずもう》の」

「青葉山大五郎よ。ふふ、また会ったな」

どしんと四股《しこ》を踏み、有無を言わせずに突進してくる。

「うおっ」

不意を突かれ、慎十郎は壁際まで吹っ飛ばされた。

背中を強打し、立ちあがることもできない。

「辻相撲とはちがう。こっちは本気だぜ」

青葉山の太い腕がにゅっと伸び、襟首を摑まえられる。

そのまま天井近くまで持ちあげられ、宙に浮いた足をばたつかせた。

「……く、苦しい」

息が詰まった。

怪力だ。

が、慎十郎はあきらめない。

──がつっ。

膝頭《ひざがしら》で股間《こかん》を突いた。

「ぬへっ」

青葉山の手が離れ、慎十郎は床に落ちる。

咄嗟に股《また》ぐらを潜《くぐ》り、背後に擦りぬけた。

「こんにゃろ」

青葉山が首を捻《ねじ》る。

捻った首に腕を巻きつけ、巨体を背負いあげた。

「ぬおおお」

野獣のように吼《ほ》えながら、慎十郎は独楽のように回転しだす。

十回余りもまわったところで、青葉山を軽々と抛りなげた。

「とあっ」

なかば開いた扉が粉微塵《こなみじん》になり、五十貫目の巨体が外に転がりでる。

むっくり起きあがった青葉山の顔は、優しげなものに変わっていた。

「このおれさまを二度も投げ飛ばすたあな。やっぱり、あんたにゃかなわねえや」

終わったのか。

急に力が抜けた。

慎十郎はへたりこみ、青葉山を睨《にら》みつける。

「おぬしも狩られた口か」

「ああ、そうだ。あんたより一足先にな。手荒い歓迎も受けたが、耐えてやったさ。どうやら、あの方の役に立つとおもわれたらしくてな」

「あの方とは」

「裏の元締さ」

「ほう」

「会いてえのか。繋いでやってもいいぜ」

と、そこへ。

小さな人影が、破れた扉の脇からあらわれた。

「青葉山よ、繋ぐにゃおよばねえ」

小柄な老人が、にっこり笑いかけてくる。

「おぬしは川浚いの」

「平八じゃよ。驚いたか。人は水天《すいてん》の平八と呼ぶ。ついでにもうひとつ、驚かしてやろう」

平八が合図すると、人足たちが戸板を担いできた。

戸板には、手足を白い布に巻かれた男が乗せられている。

「あっ、惣次ではないか」

駆けよると、惣次は力無く笑った。

「……ま、毬谷どのか……す、すまぬ。こんなすがたで」

「喋るな。寝ておれ。平八どの、これはいったい、どういうことだ」

「島に送られて早々、目付の密偵と疑われ、酷《むご》い責め苦を受けたのよ。手足の生爪を剝《は》がされ、水責めや釣るし責めなんぞもやられた。疑いのあるうちは死なせられぬと、病人置場に送られておったのさ」

「症状は」

「よくはない。できれば、腕の良い医者に診せたいところじゃが、この島にゃおらぬでな」

「くそっ」

「舟を用意した。おめえさんは病人を連れ、娑婆に戻ったほうがいい」

「そんなことができんのか」

「できる。ついでに、おりくのやつも連れていってくれ」

「おりく」

「弁天さまじゃ。じつを言うと、あれはわしの孫娘でな。わしのことを案じて、わざと捕まり、島へやってきたのじゃ。そろりと、娑婆に戻してやらねばならん」

「あんたはどうする」

「おれは島を離れられねえ。やらなきゃならねえことがある」

　ぴくりと、慎十郎は眉を吊《つ》りあげる。

「役人どもをやっつけるのか」

「そうよ。さすがのおれも堪忍袋の緒が切れた。いつまでも連中の好きにゃさせておけねえ」

「わしもやる。力を貸そう」

「ふふ、だろうとおもったぜ。四番部屋の連中を負かしたのは、おめえさんと青葉山だけだ。ふたりがいてくれりゃ、二百人力というわけさ」

さきほど痛めつけた連中が、むっくり起きあがってくる。

「こいつらも仲間なのか」

「ふむ。この部屋にゃ、性根のまっすぐな腕っこきだけを集めてある。すまねえが、おめえさんの力量をためさせてもらった」

「待て。間引きのことは、どう説明する。この部屋で殺しがおこなわれていると聞いたぞ」

「ふふ、わざと噂を流したのさ。そいつらを極悪人に仕立てあげ、役人どもを欺くためにな。心配《しんぺ》えするな。人足はひとりも殺しちゃいねえ。この部屋に運ばれたやつらは、ひとり残らず茶船で娑婆へ帰《け》えしてやったさ」

「娑婆へ」

「ああ、密《ひそ》かにな。向こうに着けば、ちゃんと面倒をみてくれるおひとがいる。おめえさんもよく知っているおひとさ」

「菰の重三郎か」

「そのとおり。信じてもらえたかい」

「ああ、信じよう」

「だったら、はなしを聞いてくれ。役人どもの悪行を隅から隅までな。何せ、おれたちはこの島で前代未聞の悪党退治をやらかそうとしているんだ。失敗《しくじ》ったら、ひとり残らず打ち首獄門だぜ。覚悟を決めるためにも、敵のことを知っとく必要がある」

平八の言うとおりだが、慎十郎の覚悟はすでに決まっていた。

四

その夜、平八はさっそく行動を起こした。

標的となるのは、元締の樋口才蔵だ。

鍵の掛かる扉の奥に控えているので、引きずりだすには策がいる。

しかも、下役と世話役を合わせれば五十人を超える手下がおり、役所内には刀や槍《やり》はもちろん、鉄砲の備えもあった。

言うほど簡単なことではない。

だが、こちらの強みは平人足たちが結束していることだ。誰もがみずからの置かれた状態に不満を持ち、役人たちに恨みを抱いている。蹶起《けっき》すれば、ひとりとして欠けることなく参じてくれるにちがいない。

無論、平八ならずとも不安はある。

悪党といえども、元締たちは葵《あおい》の御紋を背負っている。

役人たちに抗うのは、幕府にたいして昂然《こうぜん》と異を唱えるにも等しい。

それでも、やらねばならぬと、慎十郎はおもった。

自分が「救い主」として先頭に立ち、みなの心をひとつにさせねばならぬ。

平八もおりくも、それを期待しているのだ。

冷静に考えれば、勝ち目は薄い。

素手で合戦を挑むようなものだ。

しかし、慎十郎は負ける気がしなかった。

ともあれ、敵の数を減じなければならない。

「毬谷慎十郎が暴れている」

平八の巧みな誘いに乗ったのは、世話役の小助だった。

十余人の下役が捕り方装束に身を固め、四番部屋までやってきた。

小助は何も知らず、提灯《ちょうちん》片手に先導してくる。

「爺《じい》さんよ、来てやったぜ。でかぶつは何処《どこ》だ」

「こっちだよ」

応じたのは、慎十郎本人だった。

「げっ、どういうこった」

「こういうことさ」

四番部屋の人足たちがわっと群がり、役人どもに襲いかかっていく。

青葉山も慎十郎も躍りかかり、抵抗する下役どもを叩きのめす。

瞬きのあいだに全員が捕縛され、四番部屋に閉じこめられた。

「これで、敵はでえぶ減ったぜ」

平八がほくそ笑む。

「てめえら、こんなことをして、ただで済むとおもうなよ」

喚《わめ》きたてる下役に向かって、平八は平然と言いかえす。

「わかっておる。ただじゃ済まねえだろうよ。でもな、ご裁定を下すのは千代田《ちよだ》のお城のお偉い方々さ。おぬしら小者にゃ関わりのねえこった」

下役たちの身ぐるみを剝がし、人足たちは捕り方装束を身につけた。

「よし、支度はできたか。されば、鬼ヶ島の鬼どもを退治しにまいろうぞ」

「おう」

平八の芝居じみた煽《あお》りにも、みなは真剣に応じた。

「小悪党め、元締のもとへ案内しな」

小助ひとりを先頭に立て、慎十郎たちは役所の裏手に近づいていく。

平八は、小助に囁《ささや》いた。

「裏門を開けさせろ。ふざけたまねをしたら、命はねえぞ」

「わかったよ」

小助は人足ふたりに連れられ、裏門のまえに立った。

門番らしき人影が、矢来の狭間《はざま》から見下ろしてくる。

「世話役の小助にごぜえやす。開門をお願《ねげ》えいたしやす」

後ろに控えた連中が空唾《からつば》を呑《の》む。

刹那《せつな》、矢来の狭間に火が噴いた。

――ぱん、ぱん、ぱん。

乾いた筒音が三発響いてくる。

「ぎゃっ」

血を噴いて倒れたのは、小助だった。

胸板を撃たれている。

「くそっ、勘づかれた」

青葉山が叫んだ。

矢来の狭間から、何挺《ちょう》もの筒先が突きだされる。

元締の樋口才蔵みずから高みに立ち、陣頭指揮をしている。

「放てい」

筒音が一斉に轟《とどろ》いた。

鉛弾が地べたをほじくる。

だが、冷静に見極めると、筒を構えた者は十人ほどしかいない。

平八の率いる人足たちは暗がりへ逃れ、じっと息をひそめた。

拮抗《きっこう》した状態が、半刻《はんとき》（約一時間）ばかりつづいた。

夜明けまで猶予はあるが、ぐずぐずしてはいられない。

「わしが行く」

慎十郎は立ちあがり、脱兎《だっと》のごとく駆けだした。

「うおっ」

青葉山も背につづいてくる。

ふたりで門扉にぶちあたったが、頑強な扉は沈黙したままだ。

「放てい」

鉛弾が雨と降ってきた。

ふたりは暗がりへ走り、どうにか窮地を逃れる。

「くそっ、あの扉、びくともしねえ」

青葉山が唾を吐く。

そのとき、ふたりの目に信じられない光景が映った。

漆黒の闇のなかに、ひとつ、またひとつと、松明《たいまつ》が燃えあがったのだ。

まるで、死者を弔う灯明《とうみよう》のように、松明は何百と増え、役所を四方から炎の渦で取りまいた。

「すげえな」

図体《ずうたい》のでかい青葉山が、涙ぐんでいる。

松明の数は、虐《しいた》げられた人足たちの意志だ。

島じゅうの人足たちが、静かに不正を裁こうとしている。

役人どもは圧倒され、闘う気持ちを萎《な》えさせるにちがいない。

頃合いをみはからい、慎十郎は太い声を張りあげた。

「降参しろ。元締を引きわたすなら、木っ端役人の命は助けてやる」

「騙されるな。口車に乗ったら、みなごろしにされるぞ」

元締の樋口だけが、必死に声を嗄《か》らしている。

「筒を放て、何をしておる」

もはや、命令を聞く者はいない。

矢来の狭間から筒先が引っこみ、あたりはしんとなった。

それでも、門は開かない。

「よし、ぶち壊してやるまでだ」

荷車の軋む音が聞こえた。

「わっせ、わっせ」

人足たちが引いてきたのは、巨大な木材を括《くく》りつけた荷車だ。

太い木材の先端は、鋭く削られている。

「ふはは、さすが平八爺さんだ。用意がいい」

青葉山は喜々として叫び、荷車の押し手に加わる。

「わっせ、わっせ」

慎十郎も駆けよせ、押し手に加わった。

「それい」

――どどん。

地響きとともに、木材の先端が門扉にぶちあたる。

何度目かに破孔が穿《うが》たれ、次第に大きくなっていく。

「さあ、もうひと息」

荷車が軋み、突進しかけたときだった。

頑強な門が、内側から呆気《あつけ》なく開いた。

下役たちが項垂《うなだ》れた様子であらわれ、後ろ手に縛った元締を引きずってくる。

「縄を解け。おぬしら、わしを裏切るのか」

樋口才蔵は喚きたて、仕舞いには泣きだしてしまう。

平八や慎十郎たちの面前に引ったてられ、下役たちも縛についた。

松明が十重《とえ》二十重《はたえ》になり、顔を歓喜の色に染めた人足たちが輪を縮める。

平八が叫んだ。

「みなの衆、悪党どもを捕らえたぞ」

「うわああ」

地の底から、轟然《ごうぜん》と歓声が湧きあがった。

慎十郎は心を大きく揺さぶられ、みずからも叫んでいた。

やがて、歓声はおさまり、平八が冷静に喋りだす。

「木っ端役人ども、投降したのは褒めてやろう。おめえらにも、いずれ厳しいご沙汰《さた》が下されるはずだ。ご沙汰があるまでのあいだは、生きながらえることもできよう。でもな、おめえだけは生かしちゃおけねえ」

平八は裾《すそ》を引っからげ、樋口才蔵を睨みつける。

さきほどまで島に君臨していた元締は、情けないほどうろたえた。

「……ま、待ってくれ。何でも言うとおりにする。命だけは……い、命だけは助けてくれ」

「いいや。人足たちの手前、しめしがつかねえんだ。ここは、水天の平八の意地を通させてもらう」

誰ひとり、止めようとする者はいない。

慎十郎も、じっと様子を見守った。

平八は音もなく、樋口の背後にまわりこむ。

懐中から匕首を抜き、樋口の喉もとにあてがった。

「ひっ、勘弁してくれ」

「いいや、勘弁ならねえ。死んでいった連中の恨み辛《つら》み、ようく味わうんだな」

閃光《せんこう》が走った。

——ひゅっ。

ぱっくり開いた裂け目から、鮮血が飛びちる。

元締は絶命し、顔を地べたに叩きつけた。

呆気ない幕切れだ。

「ひゃああ」

下役のひとりが縄から逃れ、暗がりに向かって駆けだす。

鍵役の磯貝亀次郎だった。

人足たちが楯《たて》となって阻み、磯貝に四方から襲いかかる。

「んぎゃっ」

匕首でからだじゅうを刺しぬかれ、残忍な鍵役も屍骸となった。

ふたたび、歓声が嵐と湧きあがり、うねるように広がっていった。

「もうすぐ、夜が明けるぜ」

平八が、そばに近づいてくる。

「おめえさんはおりくを連れて、茶船で川を渡ってくれ」

「あんたは」

「言ったろう。おれにゃ、でえじな後始末がある」

下役ひとりひとりから罪状を証明する口書をとり、爪印を捺《お》させなければならない。

「なあに、心配《しんぺ》えはいらねえ。じつは、町奉行所の吟味役にはなしを通してあるのさ。浮世の貸しがある与力でな、わるいようにゃしねえだろう」

平八は安堵《あんど》したように溜息を吐き、淋しげに笑った。

死ぬ気なのだと、慎十郎は合点した。

いかなる理由があろうとも、元締を殺《あや》めた罪からは免れない。

島の秩序を乱した者は、厳しく罰せられねばならなかった。

それが、幕府の面目を保つための御定法なのだ。

わしひとりで罪をかぶればいい。

おそらく、そう言いたいにちがいない。

平八は命を賭して、人足たちを守りぬいた。

侍ではないが、慎十郎は侍の心意気をみたおもいだった。

「毬谷の旦那。おめえさんは、こんなところで燻ってていちゃならねえ。それに、頼みてえことがある」

「何だ」

「本物の悪党は、たぶん、島の外にいる。そいつをみつけだし、始末をつけてほしいのさ。おめえさんならできる。いいや、おめえさんにしかできねえ。どうだい、年寄りの頼みを聞いてくれるかい」

深々と頭をさげられ、慎十郎はうなずいた。

死にゆく者の頼みを、どうして無下《むげ》にできよう。

「ふふ、そうかい。やってくれるかい」

微笑む平八のもとへ、おりくが駆けよってきた。

「爺《じ》っちゃん。わたしも残る」

「おりく、ありがとうよ。でもな、おめえは島から出なくちゃならねえ。毬谷の旦那に守ってもらうんだ。言うことを聞いてくれ。じゃなきゃ、おれは安心してあの世に逝けねえ。わかったな」

おりくは嗚咽《おえつ》を漏らしながら、何度もうなずいてみせる。

「よし、そうだ。達者で暮らすんだぜ」

東の空が明け初めるころ、茶船は朝靄《あさもや》に包まれた川面《かわも》に漕《こ》ぎだした。

茶船には、奥井惣次と青葉山大五郎も乗りこんでいる。

男三人と女ひとりの名は、人足帳から消されるはずだ。

四人の痕跡《こんせき》が消えた島には新たな役人が投じられ、秩序のあるまっとうな統治がおこなわれるだろう。

そうなることを期待しつつ、慎十郎は舟に揺られていく。

残った人足は誰ひとりとして、異を唱える者はいない。

自分も島から逃してくれと、我が儘《まま》を言う者もいない。

船上の四人には、平八から託された使命がある。

きっと使命を果たしてくれるものと、誰もが信じていた。

島じゅうの人足たちが桟橋に集まり、いつまでも手を振っている。

桟橋の人影が靄にすっぽり隠されても、雄壮な木遣《きや》りの唄声《うたごえ》だけはいつまでも四人の耳に聞こえていた。

五

咲は朝未《まだ》きうちから木刀を振り、早朝の稽古《けいこ》を終えると、無縁坂を下って不忍池《しのばずのいけ》まで散策にやってきた。

太鼓橋の架かった弁天島を背にして、広大な池一面に紅白の蓮《はす》が咲いている。夏のこの時季はわざわざ遠方から蓮を愛《め》でにくる遊山客もおり、池には蓮見舟が何艘《そう》も浮かんでいた。

池畔に屈んで眺めていると、水面に父兵庫之介の顔が浮かんでくる。

「父上」

さぞ、無念でありましょう。

なにゆえ、あのような酷《むご》い殺され方をしたのですか。

どう考えても、江戸にそのひとありと評された丹波兵庫之介ほどの剣客が辻斬《つじぎ》りのたぐいに討たれるはずはない。

きっと、何か拠所《よんどころ》無い事情があって、刺客に命を狙われたのだ。

咲は以前からそう確信していたし、仙台坂の殺しとの関わりも念頭にあったので、祖父の一徹におもいきって問うてみた。

余計な詮索をするなと一喝されたが、一徹は事情の一端を知っているようにも感じられた。もちろん、問いつめる気はない。かけがえのない息子を失った一徹の悲しみが、咲にはよくわかるからだ。

どれだけ望んだところで、父は帰ってこない。

忌まわしい出来事は、忘れてしまうにかぎる。

咲も忘れようと努力した。

剣術修行に没頭したのもそのためだ。

が、忘れられない。

この恨み、晴らすまでは。

「父上」

かならずや、敵《かたき》を捜しだしてみせましょうぞ。

弁天島に誓いを立てると、蓮見舟のつくる波紋が水面を揺らし、父の面影は消えてしまう。

波紋がおさまると、別の顔が水面に映った。

「あっ」

振りむけば、ひょろ長い月代侍《さかやき》が気配もなく立っている。

「咲どの、お久しゅうござる」

龍野藩の横目付、石動友之進《いするぎとものしん》であった。

江戸家老の赤松豪右衛門から命を受け、老中でもある殿様のために隠密働きをしている。咲はそのことを知っていたし、友之進が毬谷慎十郎と鎬《しのぎ》を削った同門の剣士であり、幼馴染《おさななじ》みであることも承知していた。

「石動さま、いつぞやはお助けいただき、かたじけのうござりました」

「何のことです」

「お忘れですか」

この池畔で、咲は大奥から放たれた伊賀者《いがもの》たちに襲われたことがあった。

そのとき、友之進が窮地を救ってくれたのだ。

「むかしのことは忘れました」

「むかしって、まだ三月と経っていないのに」

咲は口に手を当て、さも可笑《おか》しそうに笑う。

朗らかに笑った顔は、十六歳の可愛げな娘の顔だ。

もちろん、友之進は救ったことを忘れるはずもなかったが、何やら遠い日の出来事のように感じられる。

「咲どののことは、ずっと以前から知っているような気がいたします」

「まあ」

ぽっと頬を染める娘が愛《いと》おしく感じられたが、友之進は動じない。

心を寄せる相手は豪右衛門の孫娘、静乃ひとりと決めていた。

もちろん、江戸家老の孫娘とでは身分に隔たりがありすぎる。

恋情を抱いたところで、まんがいちにも成就するはずはない。

ただ、いけないとわかっていても、こればかりはどうしようもなかった。

かなわぬ恋ならあきらめてしまえばよいのに、苦しい胸の裡《うち》を告げることもできず、うじうじとひとり悩んでいる。

戸惑う咲に向かって、友之進はぺこりと頭をさげた。

「失礼いたしました。どうか、お気になさらぬように。ところで、慎十郎とはお会いになりましたか」

「いいえ。男谷道場での果し合い以来、一度も会っておりませんし、行く先も存じあげません」

「島田虎之助との申し合い、激闘だったようですね。何でも、慎十郎は道場の床板を踏みぬき、島田は竹刀《しない》を床板に叩きつけて折ったとか」

咲は、ほっと溜息を吐く。

「勝敗は決せず、引き分けとの裁定が下されました」

「男谷精一郎の裁定にご不満のご様子ですね」

「いまさら文句を言ってもはじまりません」

「咲どのは、それほど島田とやりたいのですか」

咲は首をかしげ、口をつんと尖《とが》らせた。

「島田さまがどうのというより、決まっていたことをひっくり返されたのが口惜しいのです」

「噂に聞きましたよ。本来なら、咲どのが島田とやるところであったのに、千葉周作の横槍で慎十郎に機会がまわされたとか」

「何でもご存じなのですね」

「これでも、隠密の端くれですから。おもうに、千葉先生は咲どののことを慮《おもんぱか》ったのではありませんか。島田は手加減せぬ男と聞きました。そんな相手と闘い、あなたの身にまんがいちのことでもあったらまずいと案じられたにちがいない」

「わたしが女だから、千葉先生はわたしに機会を与えてくださらなかったと、そう仰《おっしゃ》りたいのでしょう。だとしたら、いっそう口惜しさは募ります。たとい島田虎之助との申し合いで死のうとも、わたしは本望なのです。それくらいのことがおわかりにならぬとしたら、いかに千葉先生でも許すことはできません」

友之進は困った顔をする。

「拙者の憶測にすぎません。お怒りを鎮めてくだされ」

「ごめんなさい、つい」

感情を抑えきれなくなった咲にたいして、友之進は憐《あわ》れみを抱いた。

「慎十郎が負けておれば、咲どのもそれほど悩まずに済んだでしょうに。罪な男です」

「居なくなった御仁を責める気はありません」

淋しげに睫《まつげ》を伏せる咲の仕種《しぐさ》に、慎十郎への複雑なおもいが垣間見《かいまみ》られる。

友之進はまたも、強烈な嫉妬《しっと》に駆られた。

静乃のことを浮かべたのだ。

一度だけ、静乃に慎十郎宛ての文を託されたことがあった。

いけないこととは知りつつも、誘惑に負けて文を開いてみると、信じたくもないことばが目に飛びこんできた。

――もういちど、逢《あ》いたい。

激情に衝《つ》き動かされ、文をくしゃっと丸めた。

静乃は、慎十郎にほのかな恋情を寄せている。

それがわかった途端、嫉妬は耐えがたい憎悪と化した。

慎十郎の顔などみたくもない。できれば、縁を絶ちたい。

そう、強くおもったが、のぞみはかないそうになかった。

豪右衛門はまたしても、慎十郎を呼びよせて重要な役目を与えようとしている。

——仙台藩の内に巣くう不正を探索せよ。

殿の命でもあり、友之進ごときが抗うことはできない。

藩から籍を抜かれた慎十郎が使いやすいこともわかっていた。

だが、いっしょに役目を果たしたくはない。

あいつは、いつもそうだ。何ひとつ対価も求めず、難しい役目を楽々と果たしてしまう。ふだんは風のように摑みどころがなく、勝手気儘に生きているにもかかわらず、いったんこうとおもえば、周囲を嵐のごとく巻きこんで脇目も振らずに驀進《ばくしん》する。熱い魂と気ままな心を兼ねそなえ、関わった者すべてを魅了してやまない。

眩《まぶ》しすぎるのだ、あいつは。

慎十郎と行動をともにするくらいなら、いっそ腹を切ったほうがましかもしれぬとまで、友之進はおもっていた。

「石動さま、どうかなされましたか」

咲の顔がそばにある。

友之進はたじろいだ。

「い、いえ、別に」

「いつも、何か考え事をなさっておられますね」

「拙者のことはよいのです。咲どの、慎十郎は無宿人狩りにあって捕縛され、人足寄場に送られたのですよ」

「え、まことですか」

「ご存じなかったようですね。じつは、今から五日前、人足寄場で大きな暴動が起きました。表にはまったく出ておりませぬが、寄場を仕切る元締が成敗され、下役たちもことごとく縄を打たれたそうです」

「縄を」

「ええ。寄場じゅうの人足たちが蹶起したのだとか。どうやら、役人たちに非があったらしい。人足たちのつくった島物を闇で売りさばいて儲《もう》けたり、人足たちの手間賃を掠めとったり、長年にわたって悪事を繰りかえしていたとか」

「ひどいはなしですね」

「ところが、人足寄場であったことは表向きにできない。お上の沽券《こけん》にも関わってきますからね」

不正のあった役人たちには厳しい沙汰が下され、寄場奉行の坂巻左近兵衛は謹慎の沙汰を受けた。役人たちは総入れ替えになった一方で、人足寄場における暴動はいっさい無かったことにされ、人足たちには箝口令《かんこうれい》が敷かれたという。

「ただし、元締の樋口某を成敗した首謀者だけは、打ち首を免れなかったそうです」

咲は、ごくっと唾を呑んだ。

「まさか、首謀者とは慎十郎さまでは」

「ちがいます。処刑されたのは、平八という老人でした。人足帳を調べてみますと、妙なことに慎十郎は死んだことにされていた」

「どういうことです」

「おそらく、島抜けをさせる方便でしょう。慎十郎は江戸へ戻っているはずです。ひょっとしたら、こちらに顔を出すかもしれません」

「ほんとうに、戻ってくるのでしょうか」

「それは咲どの、あなた次第だとおもいますよ。慎十郎はああみえて、人の気持ちに敏感な男です。咲どのが心をひらかぬかぎり、戻ってはこないでしょう。もっとも、道場に戻ってこられても、迷惑なはなしかもしれませんが」

慎十郎のことをおもうと、咲は胸がざわめきだした。

あんなやつ、会ってやるものか。

意地を張りつつも、心の底では死ぬほど会いたがっている。

相反するおもいに心を掻《か》きみだされ、大声で叫びたくなるのだ。

——きぇえええ。

そんなときは、重い木刀を振りこみ、昂《たか》ぶる気持ちを抑えこむ。

いつまでも素直になれない。不器用な自分が、咲はもどかしい。

「咲どの、もし、慎十郎に会ったら、藩邸に顔を出せとお伝えください」

「密命でもおありですか」

「ふふ、咲どのには隠しておけませんな。じつは、つい先だって、麻布の仙台坂で仙台藩の藩士が斬殺《ざんさつ》されました」

咲は必死に冷静さを保ち、はなしのつづきを待った。

「遺体を検屍《けんし》してみると、どうやら、下手人は示現流の手練《てだ》れらしいとわかった。おそらく、何らかの命を受けた刺客でござりましょうな。示現流は薩摩藩の御留流ゆえ、同藩の元藩士かもしれませぬ。ともあれ、是が非でも下手人を捜しだし、殺しを命じた者の正体をあばき、ともども成敗せよとの命でしてな、こうした厄介至極な役目には慎十郎が適任なのです」

「お待ちください。示現流の刺客を捜す理由をお聞かせ願いたい」

「拙者はただの横目付、命じられるままに動くだけにござる」

「理由はご存じないと仰る」

「残念ながら」

と、言いつつも、友之進は探るようにみつめてくる。

こちらの抱えている事情を知ったうえで、訪ねてきたのではあるまいかと、咲は疑った。

「ほんとうは慎十郎さまのことなど、どうでもよかったのではありませんか」

「ふふ、咲どの、妙な勘ぐりはせぬことです」

「何かご存じなのですね。わたしの父のことも、お調べになったのでしょう。だから、様子を探りにこられたのですね」

わずかな沈黙ののち、友之進は降参したように喋りだす。

「されば、正直に申しあげましょう。九年前、お父上の丹波兵庫之介さまは、あの無縁坂で斬殺された。そのときの下手人の手口とこたびの手口は、たしかに似通っております。されど、示現流を使う手練れは、この世にひとりではありません。まったく別の下手人かもしれぬ」

「いったい、何が仰りたいのです」

「諏訪伝左衛門とか申す仙台藩の藩士が、ちょろちょろ動いておるようです。その者のこと、ご存じですな」

「ええ」

「表向きはまっとうにみえますが、じつは不穏な中間部屋《ちゆうげん》を仕切る若党でしてね、あまり評判のよくない人物です」

「だから、付きあうなと仰せですか」

「何らかの意図があって近づいてきたのだとしたら、罠《わな》に嵌《は》められるやもしれません。いずれにしろ、咲どのはこの件にあまり深入りせぬほうがよい」

「下手に動かれると、探索に支障をきたす。本心は、そう仰りたいのでしょう」

「おわかりなら、くどくど申しあげるまでもござらぬ」

抗おうとする咲を遮り、友之進は黙礼する。

「では、いずれまた」

くるっと踵を返し、逃げるように去っていった。

六

忌まわしい「島」から戻って五日が経った。

水涸《みずが》れの水無月《みなづき》は半分を過ぎ、三伏《さんぷく》の暑さも極まった。

大川端《おおかわばた》に目を移せば、雄壮な水垢離《みずごり》がおこなわれている。

「懺悔《ざんげ》、懺悔、六根罪障、おしめにはつだい金剛童子……」

褌《ふんどし》姿の若い衆たちは大川で身を浄《きよ》めたのち、相州《そうしゅう》の大山詣《おおやまもう》でに向かう。

「懺悔、懺悔……」

という掛け声が胸に響くのは、天災や不慮の出来事で逝った人々への鎮魂が込められているからだ。

慎十郎は重い足を引きずり、神楽坂へ向かった。

背にしたがうのは、手足が蜘蛛《くも》のように長い男だ。

闇鴉《やみがらす》の伊平次《いへいじ》、菰の重三郎の忠実な手下である。「辻斬《つじぎ》り狩り」と称し、悪党を何人もあの世へおくっていた。ふだんは闇に潜む危ない男だが、慎十郎とは馬が合う。

人足置場から「娑婆」へ戻ってからこの方、慎十郎たちは重三郎のもとで匿《かくま》ってもらっている。酷《ひど》い責め苦を受けた奥井惣次は順調に快復し、青葉山大五郎も当面の稼ぎにと紹介された河岸人足の仕事に慣れた。

おりくだけは重三郎に命じられ、さる大名屋敷の中間部屋に潜入し、盆茣蓙《ぼんござ》をまえに壺を振っている。賽子《さいころ》稼ぎはどうでもよく、悪党どもを炙《あぶ》りだすのが狙《ねら》いだった。

「おい、闇鴉。博打《ばくち》狂いのお店者《たなもの》は、何といったっけ」

「京太郎《きょうたろう》だよ。闇市を牛耳る白子屋《しらこや》京助《きょうすけ》のどら息子さ。二十歳にもなっていねえのに、呑む打つ買うの三道楽《さんどら》煩悩《ぼんのう》にうつつを抜かしていやがる。ところが、莫迦な子ほど可愛いってんで、父親は好き放題にさせている。ま、父親も性根の腐った野郎だから、息子がどうなろうと構やしねえんだろうぜ」

白子屋京助は「島物」を一手にさばく仲買だが、寄場奉行との癒着が疑われていた。素姓の怪しい破落戸《ごろつき》どもを手下に使い、裏にまわれば強請《ゆすり》や騙《かた》りまがいのこともやってのける。伊平次に言わせれば「商人《あきんど》の皮をかぶった悪党」ということらしい。

おりくは京太郎を色仕掛けで誑《たら》しこみ、父親の白子屋に近づこうとしている。

白子屋京助の線をたどっていけば、人足寄場に関する悪事のからくりをあばくことができる。少なくとも、重三郎はそう読んでいた。

「どう考えても、寄場奉行の坂巻は毒水をたっぷり啜っていやがるぜ」

「孤の重三郎の読みなら、まず、まちがいはなかろう」

「でもな、動かぬ証拠ってやつがいるのよ。何しろ、油断のならねえ相手だ」

寄場奉行の坂巻左近兵衛は、人足寄場であれだけの出来事があったにもかかわらず、謹慎の処分で済んでいる。寄場全体を管理する者としての責任は免れず、本来なら切腹の沙汰が下ってもおかしくないところであったが、いまだ、寄場奉行の役目すら解かれていない。

「たしかに、妙なはなしだな」

慎十郎も首をかしげるしかなかった。

「後ろ盾でもいるのか」

「たぶんな。上には上の悪党がいる。白子屋と坂巻を始末して済むはなしじゃねえってことさ。おおかた、平八のとっつあんもそのあたりを見越して、あんたに後始末を託したんだろうよ」

坂巻以外にも、咎《とが》めを免れている者があった。

小人目付の拝郷一馬、同じ穴の狢《むじな》ともいうべき男だ。

目を瞑《つむ》れば、甚兵衛の首を断った太刀筋が浮かんでくる。

いずれ、あの男とは決着をつけねばなるまいと、慎十郎はおもっていた。

「平八のとっつあんの心意気に報いるためなら、うちの元締は何だってする。おれだってそうだ。とっつあんにゃ、ずいぶん世話になった。どっちにしろ、人足たちを苦しめる連中は許しちゃおけねえ」

伊平次に言われるまでもない。

悪党たちは、ことごとく成敗するつもりだ。

「さあ、着いたぜ」

ふたりは藁店《わらだな》と呼ばれる貧乏長屋の木戸門をくぐり、小便臭さに顔をしかめながらどぶ板を踏みつけた。

「わあああ」

酔っぱらいの年寄りのまわりを、洟垂《はなた》れどもが駆けまわっている。

奥の井戸端では、継ぎ接《は》ぎの布を着た嬶《かか》ぁたちが洗濯しながら喋っていた。

みるからに危なそうなふたりが近づくと、しんと静まりかえる。

「んぎゃ、んぎゃ」

突如、赤ん坊の泣き声が聞こえてきた。

振りかえれば、部屋の腰高障子に『甚』とある。

「あそこだ」

伊平次が顎をしゃくった。

慎十郎は眉をさげ、情けない面をする。

「弱ったな」

「心配《しんぺ》えすんな。女房も覚悟はできているはずさ。あとは、おめえさんが引導を渡してやりゃいい」

「伊平次よ、代わってもらえぬか」

「いやだね。おれは、亭主が死ぬところをみたわけじゃねえ」

損な役まわりを受けてしまったと、慎十郎は今さらながらに悔やんだ。

だが、甚兵衛の残された妻子を助けてやってほしいと重三郎に頼んだのは、慎十郎なのだ。

やらずばなるまい。

「さあ、早く行ってやんな」

ためらっていると、背中を押された。

緊張の面持ちで歩みより、腰高障子を開けて踏みこむ。

「お訪ねいたす」

堅苦しい挨拶《あいさつ》を口走った鼻先で、若い母親がむつきにくるんだ赤ん坊に乳をふくませていた。

「おっと、すまぬ」

　どぎまぎしながら目を逸《そ》らす。

「どなたさまにございりましょう」

「毬谷慎十郎と申す。おしんどのか」

「はい」

「失礼だが、その赤ん坊は男か、それとも女か」

「娘にございります」

「そうか」

　ほっと溜息を吐き、慎十郎は懐中から何かを取りだす。

「甚兵衛どのに頼まれてな、これを届けにまいった」

　こけしだ。

　受けとったおしんは、眸子を潤ませた。

「ご亭主には、何かとよくしてもらった。今でも恩義を感じている。このこけしは、甚兵衛が生まれてくる子のためにに丹精込めてつくったものだ。これを手渡さねばとおもってな」

「それで、わざわざ」

「ふむ」

「あの……て、亭主は」

「それがな」

「死んじまったんですね」

「すまぬ。救ってやれなんだ」

慎十郎は、がっくり項垂《うなだ》れた。

立派な最期だったと伝えたくても、ことばがうまく出てこない。

「毬谷さま」

「ん、何だ」

「これは、奥州白石《おうしゅうしろいし》の弥治郎《やじろう》こけしにござります」

大きな頭の頂に、紅や紫で二重三重の輪模様を描く。安産豊作を願って、本来は土地の木地師《きじし》たちが轆轤《ろくろ》をまわしながら描くのだという。

手で削った甚兵衛のこけしは少し不恰好《ぶかっこう》だが、生まれてくる子をおもう父親の魂が込められていた。

聞けば、甚兵衛は白石の在所に生まれ、椋鳥《むくどり》として江戸へ出稼ぎにやってきた。阿《あ》武隈《ぶくま》川の支流から蔵王《ざおう》連峰をのぞむ白石は、伊達政宗《まさむね》配下の知将片倉景綱《かたくらかげつな》によって整備された城下町だ。雄壮な白石城は今も、仙台藩の堅牢《けんろう》な砦《とりで》としての威容を誇っている。

江戸の下町で生まれたおしんは、風光明媚《めいび》な夫の故郷へ遊山する日を夢見ていた。

「そうであったか」

気丈なおしんは取りみだしもせず、赤ん坊に乳をふくませつづけている。

慎十郎は居たたまれなくなり、深々とお辞儀をして外へ逃れた。

「あとは頼む」

肩を叩かれた伊平次は舌打ちをし、入れ替わりに部屋へ踏みこむ。

刹那《せつな》、おしんの慟哭《どうこく》が聞こえてきた。

乳飲み子も驚き、火が点《つ》いたように泣きだす。

慎十郎はたまらず、脱兎《だっと》のごとく駆けだした。

泣きながらどぶ板を蹴《け》り、木戸門の向こうへ躍りだす。

すると、そこに。

おりくが待っていた。

「大男がべしょべしょ泣いて、みっともないよ」

「……ど、どうしてここに」

「ふふ、悪党の尻尾《しっぽ》を摑んだのさ」

壺振りを生業《なりわい》とする「弁天さま」は胸を張り、妖《あや》しげに微笑んだ。

七

菰の重三郎は一見すると、庭木でもいじっていそうな好々爺《こうこうや》である。ことに、愛娘《まなむすめ》のおもとをみつめるときは笑い皺に目鼻が埋まるほどで、江戸の闇を牛耳る恐い人物とはおもえなかった。

重三郎の屋敷は本所の回向院から竪川《たてかわ》に架かる一ツ目橋を渡ったさき、一ツ目弁天の裏にある。以前から親しくしてもらっていたが、慎十郎は屋敷の所在を知らなかった。よほどのことでもないかぎり、居場所を他人に知られたくない。用心深い重三郎なら、当然の備えであろう。

「まさか、慎さんが人足寄場に送られていたとはな」

重三郎は酒に酔い、同じ台詞を繰りかえす。

「そうとわかってりゃ、町奉行所のお偉方に手をまわしてでも助けてやっただろうに。

なあ、おもと」

酒肴《しゆこう》を盆で運んできた娘に向かって、赤ら顔で同意を求める。

「俠気《きようき》で鳴らすこのおれだ。毬谷慎十郎を助けてやれねえとあっちゃ、世間の笑いものになる。なあ、そうだろう」

「そりゃそうだけど、おとっつあんの助け無しでも、毬谷さまはご自分で何とかなさるおひとだよ」

「何だよ、おめえ、慎さんに惚れてんのか」

「莫迦なこと、お言いでないよ」

おもとは頬を朱に染め、俯《うつむ》いてしまう。

「やめとけ。慎さんはな、おめえとは住む水がちがう。惚れちまったら、あとで後悔するぜ。なあ、慎さん、あんた、剣の道に生きるんだろう。厳しい修行をつづけていくなかで、おなごほど邪魔なものはねえ。そうだよな」

おもとの手前、どう応じてよいかもわからず、慎十郎は黙りこむ。

助け船を出してくれたのは、俠気では負けないおりくだった。

「菰の元締、自分の娘をからかってどうするんです。そんなことより、だいじな相談があるんでしょう」

「おっと、そうだった。さすが、鉄火場を仕切る姐《あね》さんだぜ」

おもとは丸い盆を胸に抱え、部屋から静かに立ち去った。

廊下を挟んで広い中庭に面した八畳間には、三人のほかに闇鴉の伊平次と奥井惣次の顔もある。

「それにしても、平八のとっつあんは気の毒だったな。腐れ役人と刺しちがえるたあ、どう考えても割に合わねえや」

重三郎は涙ぐみ、おりくに酌を求めた。

「さぞかし、恨みにおもってんだろうよ。でもな、気丈な孫娘のがんばりで、悪党どもの尻尾が摑めそうだぜ」

人足寄場から茶船で運ばれた「島物」は本湊町《ほんみなとちょう》の桟橋に荷揚げされ、いったんは桟橋近くにある白子屋の蔵に納められる。そして、炭団《たどん》や紙や藁細工《わらざいく》といった品目別に分けられ、江戸市中に網目のごとく張りめぐらされた販路に乗せられる。

商品を管理統制する裁量は寄場奉行が握っているものの、実質はその下で白子屋がすべてを仕切っていた。蔵に納められた時点で公然と「品抜き」がおこなわれ、品物の大半は闇に流れていくという。

「おりくよ、流れていくさきを、おめえは摑んだんだろう」

「ええ。白子屋の父親を誑しこむまでもありませんでしたよ。どら息子を船宿に誘ってちょいと酔わせたら、自慢げにぺらぺら喋りましてね。何にも知らないぼんくらだとおもっていたら、あくどい錬金術のからくりだけは押さえていやがった」

「それで、島物はどこへ運ばれていくんだ」

「縄手《なわて》高輪《たかなわ》南町、薩摩藩の蔵屋敷ですよ」

「ほう、薩摩の蔵か」

「それが元締、調べてみると妙なはなしでね。蔵の持ち主は薩摩でも、借り手はちがうんですよ」

　借り手は何と、仙台藩であった。

　重三郎は驚くみなの顔を眺めまわし、おりくの盃《さかずき》に酒を注いでやった。

「おめえが潜っている中間部屋も、仙台藩の下屋敷だったな」

「そのとおりですよ。中間部屋を仕切る若党は諏訪伝左衛門といいましてね、どうやらこいつが悪事にからんでいるらしい。白子屋のどら息子を博打《ばくち》に引きこんだのも、諏訪なんですよ」

　しかも、白子屋のどら息子によれば、諏訪は「お救い小屋が建つ」との嘘をひろめては無宿の浪人たちを集め、人足寄場にせっせと送りこんでいる張本人だという。

「手柄が欲しい役人と裏で通じているんです。毬谷さまが無宿人狩りで捕まったのも、諏訪のばらまいた嘘のとばっちりを食ったのかもしれない。どっちにしろ、油断のならない悪党ですよ。蔵から荷が運ばれるときは、用心棒を掻《か》き集める役もやっているのだとか」

忠義もなければ正義もない。金のためなら何でもする手合いらしい。

重三郎は、苦い顔で盃をかたむけた。

「でもよ、若党風情の一存じゃ、薩摩の蔵は借りられねえぜ。仙台藩のなかに、諏訪を操っている野郎がいるな。しかも、けっこう偉《えれ》えやつだ」

雄藩が使っていない蔵を他藩に有料で貸しだす例はいくらでもある。海岸縁に蔵屋敷を持たない仙台藩が借りても不思議ではない。ただし、他藩の蔵を借りるには江戸家老の許可が要《い》る。

「ひょっとしたら、藩ぐるみかも」

おりくは松林の連なる縄手高輪まで足を運び、暗くなるまで薩摩藩の蔵屋敷を見張ったのだという。

「夜更けになると、怪しげな人足たちがあらわれましてね、桟橋へやってくる荷船に荷を積みはじめました」

荷は島物で、荷船は沖からひっきりなしにやってくる。

三刻《とき》ほど経って空も白みはじめたころ、おりくは沖合に大きな船影が浮かんでいるのに気づいた。

「まさか、そいつは」

「千石船ですよ。持ち主は仙台藩御用達《ごようたし》の廻船《かいせん》問屋でした」

——蝦夷屋《えぞや》。

という号を聞き、重三郎は酒をこぼす。

「ほんとかよ。蝦夷屋なら知っているぜ」

仙台の湊《みなと》に千石船を何隻も所有する大商人だ。

重三郎は天井を睨《にら》み、思案顔でこぼす。

「蝦夷屋の千石船に島物が積まれ、何処《いずこ》かへ運ばれていくってわけかい」

「そうだとしたら、藩ぐるみで悪事をはたらいているとしかおもえないでしょう」

「ぬへへ」

重三郎は盃を置き、腹を抱えて笑いだす。

「なるほど、相手は仙台藩六十二万石か。そいつは厄介なはなしだぜ。なあ、慎さん」

水を向けられた慎十郎は、眠たそうに鼻の穴をほじくる。

この男にとっては、どれだけ敵が強大だろうと関わりない。

一刻も早く、悪党の正体をはっきりとさせたいだけだ。

「無理は禁物だぜ。闇雲に突っこんだら、足許をすくわれる。それどころか、こっちが根こそぎにされちまう恐れもある。ここは慎重に裏を取り、しっかりとした筋を描きなおさなくちゃならねえ。慎さんよ、頼むから、まかりまちがっても、ひとりで弾《はじ》けるんじゃねえぜ」

「ふん、元締らしゅうもない。まどろっこしいことを抜かすな」

慎十郎は白子屋京助を捕まえ、強引に口を割らせようと考えていた。

八

同じ日の夜。

諏訪伝左衛門より「下手人の目星がついた」との吉報を受け、咲は一徹の制止も聞かず、小躍りしながら道場を飛びだした。

京橋川《きょうばしがわ》が大川へ注ぐ鉄砲洲稲荷《いなり》で諏訪と落ちあい、小舟を仕立てて向かったさきは縄手高輪の一角だ。

ひとのような影をつくる松林を背にして、大きな蔵が建っている。

海側には桟橋があり、どうやら、下手人とおぼしき人物がやってくるらしい。

諏訪は船上にあるときから饒舌《じょうぜつ》で、長沼道場での出来事や剣術に関わるはなしをしつづけた。ただ、どうやって下手人をみつけたかという肝心なはなしはせず、意図して避《さ》けているようでもあった。

ふだんの冷静さを保っていられたら、妙だと勘づくことはできただろう。

だが、今夜の咲は平常心ではいられなかった。

もしかしたら、父の敵に遭遇できるかもしれない。

張りつめた顔で漆黒の川面《かわも》に浮かぶ月をみつめ、桟橋に近い物陰に潜んでからも、これは天のめぐりあわせなのだと、胸に繰りかえしていた。

「天網恢々《かいかい》とは、まさに、このことかもしれぬな。咲どの、いよいよ本懐を遂げるときが近づいてきましたな」

諏訪に感謝しながらも、やはり、確かめておかねばなるまい。

「その人物は、諏訪さまの朋輩《ほうばい》を斬った下手人ですよね」

「ええ、そうですよ」

「たしかなのですか」

「お疑いなら、引きかえしてもよろしいが」

「いいえ、疑ってなどおりません」

「なら、もう少し待ちましょう」

諏訪は不敵に笑い、低声で蔵の説明をはじめる。

「ここは薩摩藩の蔵屋敷ですが、使っているのは仙台藩の御用商人です。東廻《ひがしまわ》り航路の千石船で運ばれてくる品物が何か、ご存じですか。ふふ、そいつは蝦夷産の干し鮑《あわび》でしてね、本来なら長崎でしか扱えないご禁制の品なんですよ」

「抜け荷ということですか」

「そうなりますね」

抜け荷の品はここで積みかえられ、西国《さいごく》経由で清国へもたらされるという。

「唐土《もろこし》では干し鮑が珍重されるそうです。大きいのになると、一斤で十両もするとか。ふふ、べらぼうな値で売れるのですよ」

仙台藩の御用商人が抜け荷をやっているはなしと、殺しをやった下手人とは何か関わりがあるのだろうか。

「拙者も詳しいことはわかりません。されど、その人物が抜け荷に関わる悪党であることは明白です」

「いったい、何者なのですか」

「残念ながら、仙台藩に関わりの深い侍ということ以外、素姓は知らぬのです」

九年前に父を殺《あや》めた下手人かどうかも、本人に糺《ただ》してみるよりほかに術《すべ》はなかった。

「正面から堂々と聞いてやればよい。相手がうなずいたら、真剣を抜きなされ。拙者が立会人になりましょう。いいや、助太刀をしてもいい」

「助太刀にはおよびませぬ」

「ぬふふ、そうでしょうとも。咲どののほどの手練《てだ》れは江戸広しといえども、そうはみつかりませぬ。拙者などが助太刀などと、おこがましいかぎりでござる」

「しっ、誰か来ます」

牛のようにずんぐりした男の影が、忽然《こつぜん》と桟橋にあらわれた。

どうやら、ひとりのようだ。

咲は諏訪と目で合図を交わし、二手に分かれて桟橋に近づいた。

男は菅笠《すげがさ》をかぶっている。

何をするでもなく、黙然と海をみつめているようだった。

巖《いわお》のごとき男の後ろ姿を、咲は脳裏に焼きつける。

うっかりすると、心ノ臓が飛びだしてきそうだ。
冷静に、冷静に。
心を落ちつかせようとしても無理なはなしだ。
このままでは、まともに刀も抜けまい。
だが、長年待ちつづけた好機を逃すわけにはいかなかった。
「父上」
天に祈りを捧《ささ》げると、気持ちが楽になった。
音もなく足を進め、桟橋のそばまで近づく。
相手の肩が、ぴくりと動いた。
「来おったか。丹波兵庫之介の娘よ」
「えっ」
なぜ、知っているのだ。
頭が真っ白になる。
反対側の暗がりから、別の男の笑い声が聞こえてきた。
諏訪だ。
笑いながらすがたをみせ、菅笠の男に近づいていく。

「むふふ、罠《わな》とも知らずに掛かりおって。仙台坂で見掛けたときから、おぬしは騙《だま》されておったのだ」

「いったい、何のために」

「金さ。金のためなら、わしは何でもする。こちらのお方が、おぬしにはなしがあるそうだ」

菅笠の男は懐中に手を入れ、切り餅とも呼ぶ小判の包みを取りだした。

「諏訪、ご苦労だったな」

「へへ、いつもすみませんね」

諏訪は別人になったように、ぺこぺこしながら報酬を貰おうとする。

男は小判を抛り、呻《うめ》くように言った。

「小悪党め、おぬしは用済みだ」

刹那《せつな》、白刃が閃《ひらめ》いた。

「ちぇーい」

凄《すさ》まじい猿叫とともに、血飛沫《ちしぶき》があがる。

諏訪のからだは、生木のごとくまっぷたつに裂けた。

抜き際の一刀で股間から顎まで、一分の狂いもなく斬りあげられたのだ。

すでに、男の刀は鞘の内に納まっている。

咲の五体に震えが走った。

示現流の居合技、立《りゅう》だ。

まちがいない。

父を殺めた男が、十間（約十八メートル）足らずさきに立っている。

水飛沫があがり、諏訪の屍骸は海に落ちた。

「おぬし、咲と申したな。丹波一徹どのに鍛えられたその手並み、とくと拝見したいところだが、残念ながらその暇はない。なにゆえ、いまさら、九年前の忌まわしい出来事をほじくりかえすのだ」

「それが聞きたかったのか」

「さよう。おぬしの父が何か遺《のこ》しておらなんだかどうか、いちおう確かめておこうとおもってな。問いにこたえよ」

咲は素直に応じた。

「何も遺してなどおらぬわ」

「さようか。なれば、用はない。死んでもらう」

「待て。おぬしが父を殺めたのか」

「ふふ、そうだと言ったら」

「武士ならば菅笠を取り、名乗ってみせよ」

「その必要はない」

「されば、なにゆえ、父を殺めた」

「利を守るためさ」

「何だと」

利とは儲け、そのような瑣末《さまつ》なもののために命を落としたのだとしたら、父は浮かばれまい。

「喋りは仕舞いだ。まいるぞ」

だっと、男は栈橋を蹴りあげる。

咲はすかさず、柄に手を掛けた。

だが、抜くことはできなかった。

からだが硬直して動かない。

どうして、どうして。

胸の裡で叫んでいると、鼻先に男が迫ってきた。

笠の隙間からみえる唇《くち》もとが、不気味に笑っている。

「ちぇーい」

足下に白刃が閃いた。

斬られる。

諏訪の悲惨なすがたが脳裏を過《よ》ぎった。

と同時に、からだが自然に反応する。

「ぬわっ」

咲も抜いた。

刃を閃かせ、上からかぶせていく。

――がつっ。

火花が散った。

「ぬえっ」

弾《はじ》かれた刀が、月に刺さるほどの勢いで舞いあがる。

「死ね」

二ノ太刀がきた。

すんでのところで躱《かわ》すや、平衡を失って海に落ちる。

水中で藻《も》搔《が》きながらも、咲は必死に泳いだ。

息がつづかない。

「ぶはっ」

水面《みなも》に顔を出すと、桟橋は遥《はる》か遠くにあった。

「運のいい小娘だ」

男は菅笠をかたむけ、ぺっと唾《つば》を吐いた。

「わしはな、雄藩の剣術指南役に推輓《すいばん》された。父の敵を討ちたくば、杜《もり》の都に来い。七夕の御前試合を勝ちぬけば、ふたたび、まみえる機会も得られよう。くふふ、待っておるぞ」

重厚な声だけが聞こえてくる。

闇に救われたのだ。

咲は溺《おぼ》れかけ、水面に浮かぶ丸いものにすがった。

それが諏訪の頭だと気づいた瞬間、自分でも信じられぬほどの声で絶叫した。

九

翌夕、おりくから慎十郎に呼びだしが掛かった。

白子屋京助が「遠方の客」を接待するという。

何と宴席には寄場奉行の坂巻左近兵衛も招かれており、悪党どもが膝詰《ひざづ》めで悪巧みの相談をおこなうものと推察された。

慎十郎が押っ取り刀で向かったさきは、両国《りょうごく》に近い柳橋《やなぎばし》である。

江戸の廓《くるわ》が吉原なら、芸者は深川《ふかがわ》の辰巳《たつみ》芸者と相場は決まっているものの、遊び上手な旦那衆が近頃金を落とすところと言えば、柳橋をおいてほかにない。大川端に面して軒を並べる楼閣風の茶屋には、一流の料理と一流の芸妓《げいぎ》たちが集まってくる。

むさ苦しい田舎侍は歩いておらず、慎十郎は人里に迷いこんだ心境にさせられた。

勇気を出して待ちあわせの水茶屋を訪ねてみたが、緋毛氈《ひもうせん》の敷かれた床几《しょうぎ》におりくはいない。

代わりに座っていたのは、うらなり顔の若旦那だった。

細い首を揺らしながら、馴《な》れ馴れしく声を掛けてくる。

「あんた、おりくの何なのさ」

女形《おやま》のような物言いに辟易《へきえき》しながらも、黙って目を逸らすと、下から顔を覗きこんできた。

「おりくの情夫《いろ》かい。それにしちゃ、むさ苦しい男だね。ご存じかい。人の顔の見分け方ってのはひとつしかないんだよ。それはね、金のあるやつとないやつさ。その見分け方さえ身につけちまえば、一人前の商人《あきんど》になれる。おとっつあんの教えでね。おまえさんはさしずめ、金のないほうだ。ほら、金欠って顔に書いてある。ぬひひ」

「よく喋る野郎だな」

「え、何か言ったかい」

やたらに高い鼻をひくひくさせ、うらなり顔を近づけてくる。

間髪を容《い》れず、慎十郎の拳《こぶし》が伸びた。

「ぎゃっ」

べきっと鈍い音がして、若旦那は仰向けに倒れる。

白目を剥いて伸びており、自慢の鼻が見事に曲がっていた。

「あらあら、やっちまったのかい」

ちょうどそこへ、おりくが日和下駄《げた》を鳴らしながらやってきた。

「その間抜け、白子屋の御曹司だよ。旦那にしめてもらおうとおもってね、あらかじめ呼んどいたのさ。あんのじょう、しまらない顔で伸びちまってるよ」

「遊びもほどほどにするんだな」

「こっからが本番さ。息子のほうは憎めない莫迦だから、まだ救いはある。救いようのない莫迦は、金のためなら何だってする父親のほうだ。さあ、行くよ」

慎十郎はおりくの背にしたがい、朱に彩られた楼閣の入口に向かった。

――ぼん。

突如、大音響とともに、地面が揺れる。

咄嗟《とっさ》に身構えた慎十郎の頭上高く、花火が大輪の花を咲かせていた。

「ほほほ、驚いたかい。水の災いで逝った人々を供養する川施餓鬼《かわせがき》の花火だよ。ここは打ちあげ場にいっとう近いかぶりつきだからね、存分に花火が楽しめるってわけ」

人々の注意が花火に向けられる狭間《はざま》から、悪党どもの笑い声が聞こえてくるようだった。

「菰の元締は慎重にやれって仰ったけど、ぐずぐずしていたら悪党どもを取り逃がしちまうよ。わたしがおもうに、白子屋の言った『遠方の客』ってのが黒幕さ。こんな好機はまたとないよ。今から座敷に踏みこんで、力ずくで黒幕の正体を引っぺがしてやるってのはどうだい」

慎十郎はようやく、ここに呼ばれた理由を悟った。

おりくは処刑された平八の敵をとろうと、焦っているのだ。

「ね、いいだろう。旦那のお力を貸しておくれよ」

「よし、わかった」

慎十郎は腹を決め、肩を怒らせながら楼閣に向かっていく。

と、そこに。

人影がひとつ、飛びだしてきた。

「うっ」

立ちふさがった男は、鋭い眸子で睨みつけてくる。

「早まるな、慎十郎」

「おぬしは、友之進か」

「久しぶりだな」

友之進は表情を弛《ゆる》め、おりくに声を掛ける。

「弁天のおりくか。すまぬが、そやつを借りる。幼馴染みでな。今夜のところは、あきらめてくれ」

頭を深くさげられ、おりくはぷいと横を向いた。

口惜しげな顔で、その場から足早に去っていく。

慎十郎は、怒った口調で問うた。

「友之進、何でおぬしがここにいる」

「そんなことはどうだっていい。白子屋が招いた『遠方の客』の正体、知りたくはないか」

「てめえ、知ってんのか」

「ああ。何せ、その『客』を尾《つ》けてきたら、阿漕《あこぎ》な白子屋京助と腹を切るはずだった寄場奉行と、それから、おぬしに行きついたのだからな」

「説明しろ」

「あと四半刻（約三十分）待て。御前《ごぜん》が花火見物に来られる」

「くそっ。赤松の爺に会わせる気か」

「無礼な口を叩くな。御前はおぬしに会いたがっておられる」

「厄介事は御免だ。偉そうに命を下すつもりなら、会わぬからな」

「すでに、おぬしはこたびの一件にどっぷり首を突っこんでおるのだ。わしのほうが敵の事情に通じているとおもうが、聞きたくなければ去ってもいいぞ」

「わかった。ではな」

去りかける慎十郎の背中に、友之進は声を掛けた。

「この一件には、咲どのも関わっておる。それでも、行くのか」

「何だと」

慎十郎は踵を返し、鬼のような顔を友之進に寄せる。

「咲どのがどうしたって」

「昨夜、危うく命を落としかけてな」

「まことか、それは」

「案ずるな。難を逃れた。見舞いに行きたいなら、御前のはなしを聞いてから行け」

「くそ爺め、大仏にでもなったつもりか。わしを掌のうえで転がしおって」

「ふふ、わかっておるではないか。少しは成長したとみえる」

「何を」

慎十郎の突きだした拳を友之進はひらりと躱し、白子屋たちが宴を張る楼閣へ足を向けた。

「おい、どういうつもりだ」

「狐狸どもの様子が窺《うかが》える座敷を取ってあるのさ」

笑みを浮かべる友之進は、あいかわらず小面憎い男だ。

慎十郎は腹を立てながらも、楼閣の敷居をまたいだ。

十

廊下側の襖《ふすま》を開くと、吹き抜けの庭を挟んだ向こうの座敷で、悪党三人が談笑していた。

寄場奉行の坂巻左近兵衛は醜い蝦蟇顔を晒《さら》し、揉《も》み手《で》で愛想笑いを浮かべる白子屋京助はどう眺めても狐のような顔をしている。遠方から招かれた客は白髪の老臣で、身に纏《まと》う絹地の着物や刀掛けにある二刀の華美な拵《こしら》えから推しても、かなり身分の高い人物であることにまちがいはなかった。

しばらく眺めるともなしに眺めていると、二階廻《まわ》しの若い衆に導かれ、赤松豪右衛門がやってきた。

こちらも古狸だが、狸にしては強面《こわもて》すぎる。

「襖を閉めよ」

慎十郎は命じられ、渋々言うとおりにした。

「よっこらしょ」

豪右衛門は裾《すそ》をたくしあげ、上座に尻《しり》を落とす。

慎十郎は背を丸め、両手をがばっと畳についた。

「やめよ。どうせ、まともな挨拶《あいさつ》もできまい」

「は、仰せのとおりにござります」

「あいかわらず、生意気な面構えじゃ。島田虎之助との申し合い、引き分けに終わったそうじゃの」

「は、面目次第もござりませぬ」

「殿も口惜しがっておられたわ。なにゆえ、豊前の田舎侍なんぞに勝てなんだとな」

「つぎはかならず」

「真剣ならば、つぎはない。引き分け再試合など、茶番にすぎぬわ」

「は」

豪右衛門は溜息を吐き、手にした白扇をぱちっと閉じる。

「殿はおぬしの力量を買っておられる。わしは少し買いかぶりすぎじゃとおもうがな。愛馬の黒鹿毛《くろかげ》をお貸しいただいたこと、よもや忘れてはおるまいな」

「無論です。じつに見事な馬にござりました。あのすばらしい乗り心地、今でも尻がおぼえております。あのとき、殿には貂《てん》の陣羽織を頂戴《ちょうだい》しましたが、正直に申せば黒鹿毛のほうを頂戴できればと」

「控えい。うつけ者」

「はは」

かたわらの友之進からすると、ふたりはじゃれ合っているようにもみえる。

叱られる慎十郎が何やら羨《うらや》ましくもあり、燻《くすぶ》っていた嫉妬《しっと》の炎が燃えはじめていた。

白扇の閉じる音で、友之進は我に返った。

「おい、本題にはいれ」

「は。されば、ご説明申しあげます」

友之進は襟を正し、慎十郎に向きなおる。

「先日、麻布仙台坂において、仙台藩の藩士が斬殺《ざんさつ》された。その藩士は名を変えて潜入していた大目付さま配下の隠密でな、三年も潜ってようやく悪事の証拠を摑んだにもかかわらず、敵の放った刺客に斬られた。われらの使命は、仙台藩の内にておこなわれているであろう悪事のからくりをあばき、隠密殺しの下手人を捜しだすこと。そして、悪事に関わるすべての者たちに制裁をくわえることにほかならぬ。どうだ、ここまではわかったか」

慎十郎は眸子を擦《こす》り、欠伸《あくび》を嚙《か》みころした。

「はて、いったい何のことやら。そもそも、隠密が調べていた悪事とは何だ」

「抜け荷さ。蝦夷の土地者から干し鮑などご禁制の俵物を仕入れ、清国に売って銀に換えるのさ」

「その証拠を摑んだ隠密が消され、悪事の証拠は得られず仕舞い。進退窮まった大目付が老中に泣きを入れたというわけか」

「たわけ、頭が高い」

豪右衛門の叱責《しっせき》が飛んでくる。

慎十郎は平伏しながらも、人差し指を口に当てた。

「御家老、お静かに。敵に気づかれますぞ」

「何じゃと、この」

こめかみの血管を浮きたたせながらも、豪右衛門は怒りを抑えた。

「友之進、つづけよ」

「は、では」

見極めねばならぬ重要なことは、抜け荷が藩ぐるみでおこなわれているかどうかという点だ。

「どちらとも言えぬ。ただ、大目付の筋で疑いを向けていた重臣がひとりおってな。国元で家老をつとめる宿老のひとりだ」

「宿老」

友之進によれば、仙台藩には独自の家格制度があるという。たとえば、伊達家の「一門」は十一家からなり、分家や有力家臣をしめす「一家」は十七家からなる。それらの下位にあたる「着座」は登城して藩主に目見得のできる身分で、このなかの高位を「宿老」と呼ぶ。家格はさほど高くないが、実力の抜きんでた者は家老に登用され、実質百万石におよぶ仙台藩の舵取《かじと》りをおこなっていた。

「宿老の名は荒神主膳《あらがみしゅぜん》、白子屋に招かれた『遠方の客』のことだ」

「なるほど、襖を開けりゃ顔をじっくり拝めるってわけか。友之進よ、その荒神ってのが黒幕なのか」

「わからぬ。だが、仙台藩御用達《ごようたし》の蝦夷屋が荒神とつるんでいることは明らかだ」

蝦夷屋七太夫《しちだゆう》は千石船に仙台笹の藩旗を翩翻《へんぽん》と掲げ、蝦夷からご禁制の俵物を大量に運んでいた。これを命じているのが荒神にちがいないと、友之進は指摘する。

慎十郎は首を捻《ひね》った。

「その荒神と白子屋がどう繋《つな》がる」

「おぬしも知るとおり、白子屋は人足寄場でつくられた『島物』を一手に扱っている。寄場奉行の坂巻左近兵衛とはからい、品物を掠《かす》めとって闇に流したりもしていた。それは事実だ。証拠もある。しかも、掠めとった品物の大半が運ばれていくさきも、おおよその見当はついた」

「どこだ」

「蝦夷さ、たぶんな。『島物』は縄手高輪にある薩摩藩の貸し蔵に一度集められ、蝦夷屋の用意した空の帰り船に満載される。蝦夷の土地者にとって、炭団《たどん》や紙や藁細工《わらざいく》はのどから手が出るほど欲しい品だ。俵物の対価に使われているとしても、何ら不思議ではない。すなわち、悪党どもは元手を一銭も掛けず、高価な俵物を手に入れているというわけだ」

「上手《うま》いことを考えついたものだ」

感心する慎十郎の顔を、豪右衛門が睨みつけた。

「されど、いまだ推察の域を出ぬ。確乎たる証拠を摑み、藩ぐるみの悪事かどうかの見極めをつけねばならぬのじゃ。こたびの一件は奥が深い。あそこに座っておる三人と蝦夷屋以外にも、悪事に関わっておる者たちはいるはずじゃ。そやつらを根こそぎあばきだし、事の白黒をつけねばならぬ。それが、わしらの使命じゃ」

「ご家老、おことばですが、拙者に使命を果たす義務はありませぬ」

「何じゃと」

「拙者は藩から籍を抜かれた身、たとい殿の命であっても、お受けする義務はない」

「ふうむ」

痛いところを突かれ、豪右衛門は低く呻《うめ》いた。

だが、気を取りなおして熱く説得しはじめる。

「仙台坂で斬殺された隠密は平子四郎兵衛と申してな、大目付平子因幡守さまの甥御《おいご》だそうじゃ。幼いころから目を掛けておった甥御が、みずからの下した命を果たさんとする寸前、刺客の手に落ちた。因幡さまの心情を慮《おもんぱか》れば、放ってはおけまい。それにな、この一件には丹波咲も深く関わっておる」

肝心なはなしになったので、慎十郎は膝《ひざ》を乗りだした。

「咲どのが、どうして」

「平子四郎兵衛を斬殺した刺客は、示現流の手練れじゃった。しかも、立なる居合技を使う。九年前、同様の手口で斬殺された因幡守さまの隠密がおった。丹波兵庫之介、咲の父御じゃ」

「げっ」

慎十郎は仰天した。

心ノ臓がばくばくしてくる。

咲は父親のことを語らず、一徹も息子のことを語らなかった。

丹波兵庫之介が隠密であったことも、示現流の刺客に斬殺されたことも、慎十郎にしてみれば聞いてはいけない内容におもわれた。

「どうやら、丹波兵庫之介は薩摩藩の不正を調べておったらしい」

豪右衛門は白い眉《まゆ》を寄せる。

薩摩藩にはむかしから、藩直轄地の坊津《ぼうのつ》や琉球などを拠点として密貿易がおこなわれているとの噂があった。今でも、五百万両にもおよぶ膨大な借金を返すべく、家老の調所笑左衛門《ずしよしようざえもん》が先頭に立って密貿易を推進しているとの疑いもある。

「ふたりの隠密を殺《あや》めた刺客は同じ者ではあるまいかと、われらは考えておる。舞台が薩摩から仙台へ移っただけのはなしじゃ。刺客の線をたどっていけば、悪事の元凶となる者に行きあたる公算は大きい。狙いはそれよ」

豪右衛門は一段と声をひそめる。

「丹波兵庫之介が隠密になった理由はわからぬ。わかっておるのは、隠密の役目をまっとうしかけたとき、刺客の刃に斃《たお》れたということじゃ」

ところが、死に至る経緯《いきさつ》は解明されることもなく、曖昧《あいまい》なかたちで闇に葬られた。

遺体をみつけた火盗改《かとうあらため》の申し出に基づき、辻斬りか強盗のたぐいによる凶行と断じられたのだ。火盗改の申し出という点が引っかかる。だが、慎十郎はそんなことより、咲の心情をおもった。

「ご家老、咲どのはそのあたりの経緯をご存じなのですか」

「さあな。ただ、かぼそい糸を手繰って、敵を捜してはいるのじゃろう。昨晩、縄手高輪で仇らしき相手と遭遇したらしいからの」

慎十郎は、きっと友之進を睨みつける。

「そうなのか、友之進」

「今朝早く、品川《しながわ》の漁師が海に漂う屍骸をみつけた。斬られたのは諏訪伝左衛門、仙台屋敷で中間部屋を仕切っていた若党だ。屍骸は生木のように裂けておった。仙台坂の殺しと同じ手口よ。配下に命じて、諏訪を見張らせていたのだ。刺客らしき者は菅笠をかぶっておった」

栈橋で諏訪が斬られたところも、咲が刀を弾《はじ》かれて川へ落ちたところも、配下はつぶさに眺めていたという。

「助太刀もせずに眺めておったと」

「それが隠密よ。ともかく、咲どのにはあらためて問わねばなるまい。刺客の素姓に心当たりはないかとな」

「その役、わしがやる」

「ほう。なら、任せよう」

友之進に目配せされ、豪右衛門はにやりと笑った。

「慎十郎よ、ことによったら、仙台まで行かねばなるまいぞ。無論、路銀の心配はいらぬ」

満足げに言いおき、龍野藩の江戸家老は重そうな尻を持ちあげた。

「さればな、わしは行かねばならぬ。孫娘を船に待たせておるでな」

慎十郎は、はっとした。

「ご家老、静乃さまがおられるのですか」

「おらぬ、おらぬ」

うっかり口を滑らせたと気づき、豪右衛門は手を振ってはぐらかし、そそくさといなくなる。

慎十郎は少し間を置き、刀を引っつかむや、豪右衛門の背中を追いかけた。

「待て、行くな、慎十郎」

友之進の掛け声を無視し、酒楼から外に飛びだした。

――ぼん、ぼん。

花火が炸裂《さくれつ》するたびに、空から火の粉が降ってくる。

半町（約五十五メートル）ほど離れた桟橋の隅をみやれば、一艘《そう》の屋根船がちょうど漕《こ》ぎだしたところだ。

開けはなたれた障子の内から、美しい娘の白い横顔が覗いた。

「……し、静乃さま」

雪でも愛《め》でるがごとく、嬉《うれ》しそうに火の粉を眺めている。

慎十郎の声が聞こえたかのように、ふわりとこちらに顔を向けた。

「あっ」

眩《まばゆ》いばかりの眼差《まなざ》しを避け、慎十郎はおもわず人混みに身を隠す。

恐る恐る覗いてみると、静乃は舷《ふなばた》から身を乗りだしていた。

「わしを捜しているのか」

期待が膨らんだ。

屋根船は遠ざかり、砕け散る花火の煌《きらめ》きに包まれてしまう。

「何やら、虚《むな》しいな」

あれほど会いたいとおもっていたにもかかわらず、静乃と再会してはいけないような気がしてきた。

それよりも、会いたい相手がいる。

「咲どの」

今すぐにでも会いたい。

強烈なおもいに衝《つ》きあげられ、慎十郎は火の粉を浴びながら空を見上げた。

十一

慎十郎は駆けた。

大輪の花火を背に抱え、柳の連なる土手際の道を駆けに駆けた。

「うおおお」

なぜか知らぬが、叫んでいる。

島田虎之助と引き分けて以来、剣術修行を怠っていた。

坐禅を組んで法界定印を結び、大日如来に通じる「阿《あ》」の梵字《ぼんじ》をひたすら念じる「阿字観《あじかん》」の行もやめた。精神修養も怠り、日がな一日惚《ほう》けた顔で富士山を眺めていることもあった。

恋は弛《ゆる》みきった心の隙に忍びこんでくる。頭ではそうおもっても、ほとばしるような感情を抑えることはできない。

「咲どの、咲どの」

慎十郎は馬のように水泡を吹きながら神田川《かんだがわ》を渡り、下谷《したや》の広小路を突っ切り、闇に沈む不忍池の脇から無縁坂を駆けのぼった。

丹波道場の門前で足を止める。

ぜいぜいと鞴《ふいご》のようにのどを鳴らしながら、朽ちかけた門を睨《にら》みつけた。

「懐かしいな」

嬉しさと恥ずかしさと申し訳なさと、さまざまな感情がないまぜになり、感極まってしまう。

洟水《はなみず》を啜《すす》っていると、音もなく潜《くぐ》り戸が開いた。

白い蓬髪《ほうはつ》を靡《なび》かせた老人が、幽鬼のようにあらわれる。

「……い、一徹さま」

「ふん、今ごろ来おって。遅いわ」

憎まれ口を叩く皺《しわ》顔に、いつもの元気がない。

「咲どのは、お留守なのですか」

「遠いところへ行ってしもうたわ」

「え」

「止めても無駄じゃった。どうしても、父親の敵が討ちたいと駄々をこねてな、杜の都へ旅立ってしもうたわ」

「杜の都、仙台へ行かれたのですか」

「敵とおぼしき相手に誘われたのよ。そやつと真剣を合わせて負け、九死に一生を得たにもかかわらず、懲りずに討たれにいったわ」

　慎十郎は眸子を怒らせ、前歯を剝いた。

「咲どのの力量なら、易々《やすやす》と討たれますまい」

「相手は示現流の居合を使う」

　ふと、想起した忌まわしい情景があった。

　指物師の甚兵衛が首を落とされた場面、首斬り役を任された拝郷一馬の顔が浮かんできたのだ。

「示現流の居合といえば、立ですか」

「さよう。おぬしの修めた雖井蛙流にも、立の返し技はあるまい」

「いかにも」

　口惜しいが、一徹の言うとおりだ。

「それほど、ふせぎ難い秘剣なのじゃ。咲は気づいておる。今のままではいかん。討たれにいったようなものじゃ」

「それがわかっていながら、一徹どのは指をくわえておられるのか」

「長旅に保つ身ではない。よぼの爺《じじい》が行ったところで、糞《くそ》の役にも立たぬわ。ゆえに、おぬしを待っておった。首を長うしてな」

一徹はそう言い、亀のように首を伸ばす。

「なにゆえ、わたしを」

「おぬしは世間知らずの大間抜けじゃが、誰にもないものを携えておる」

「誰にもないもの」

「運じゃ。おぬしは強運を持っておる」

「運ですか」

「そうじゃ。その運を、咲にも分けてやってほしい。咲はどちらかというと、運のないやつでな、幼いころからそうであった。ひょっとしたら、父を失ったときに運を落としたのかもしれぬ。咲はな、九年前に落とした運を拾いにいったのじゃ。頼む。どうか、おぬしの力を貸してやってほしい。このとおりじゃ」

「承知つかまつった」

「おう、わかってくれたか。されば、この一手を受けよ。ねい……っ」

鋭い気合いとともに、下段から木刀の切っ先が薙《な》ぎあげられた。

股間《こかん》を掠《かす》め、顎をせぐりあげ、風音を響かせながら鼻面を掠める。

「これが立の太刀筋よ。かつて、一度だけ目にしたことがある」

慎十郎は、からだの震えを抑えきれない。

死を間近に感じたのだ。

「咲は死なずに済んだ。咄嗟に抜いた刀をかぶせ、弾かれはしたが間合いを外した。なぜか、わかるか。足場じゃ。踏ん張りのきかぬ桟橋のうえであったことが幸いした。まずは、足許をくずすのが肝要じゃ。今のわしには、その程度のことしか言えぬ」

「かたじけのう存じます」

慎十郎は点頭し、勇んだ様子で門を背にする。

「待て」

呼びとめられた。

「まさか、奥州街道を行く気ではあるまいな」

「ほかに、どのような道があるのです」

「莫迦者、咲は船で行ったわ」

「なるほど、船ですか。それはいい」

歩きで十日は掛かる道程《みちのり》でも、船便ならば二日も掛からずに到達できよう。

「では、吉報をお待ちくだされ」

もう一度深々とお辞儀をし、慎十郎は一徹にしばしの別れを告げた。

獅子身中の虫

一

つくつく法師が鳴いている。

蒼天《そうてん》には白い雲がぽっかり浮かび、杜の都は涼風に包まれていた。

西方の青葉山《あおばやま》には伊達政宗の手になる豪壮な城が聳《そび》え、城から眼下の広瀬川《ひろせがわ》へとつづくなだらかな丘陵には武家地がひろがっている。緑なす樹木の狭間《はざま》に武家屋敷の甍《いらか》がみえ、ゆったりと流れる広瀬川を挟んでこちら側には整然と区割りされた町家がひろがっていた。

大路の交わる芭蕉《ばしょう》の辻《つじ》に立つと、ここは江戸ではあるまいかと錯覚してしまう。

「そうであろう。この賑《にぎ》わい、日本橋大路にもひけを取るまい」

自慢げに胸を張るのは、元相撲《すもう》取りの青葉山大五郎だった。

いっときは仙台藩のお抱え力士として名を馳《は》せたが、いかさま博打《ばくち》の常習だった若党を撲《なぐ》って重傷を負わせ、城外へ放逐された。生まれ育った仙台の地を捨て、江戸でひと旗揚げようとおもったものの、かっぱらいも同然の通り者に堕《お》ちたあげく、人足寄場に送られた。

「江戸では、よいことなどひとつもなかった」

重さ五十貫目（約百八十八キログラム）の巨漢は泣きながら故郷を懐かしみ、どうしても供にしてくれと慎十郎に懇願した。

仕方なく連れてきた青葉山のかたわらには、かつて仙台藩に籍を置いていた奥井惣次の顔もある。こちらも心身ともに傷つき、江戸での暮らしに限界を感じていた。ちょうど、故郷の母親から息子の身を案じる文を受けとったこともあり、慎十郎が「案内役をやってくれぬか」と誘《さそ》ったところ、ふたつ返事で従《つ》いてきた。

「江戸からあまりに近すぎて、何やら拍子抜けします」

惣次の言うとおりだった。奥州路に沿って百里（約四百キロメートル）におよぶ陸路をたどってくれば、別の感慨を抱いたかもしれない。慎十郎はふたりを太刀持ちと露払いに従え、仙台米を買いつける大型船に便乗させてもらい、房総《ぼうそう》沖から常陸《ひたち》沖、そして陸前《りくぜん》沖へと、外海を一気に北上してきた。

まさに、あっというまに着いたというのが正直なところだが、目にも涼しい豊富な緑のせいか、江戸よりもあきらかに居心地はよい。

無論、遊山に来たわけではなかった。

仙台に寄こされた狙いはひとつ、抜け荷の証拠を摑《つか》み、悪党どもの正体をあばきだすことだ。

探索に不向きな慎十郎にしてみれば、厄介至極な命にほかならない。大目付の隠密が三年掛かりで証拠を摑んだことをおもえば無謀な抜擢《ばってき》だが、豪右衛門もじつは手詰まりらしく、慎十郎の強運に賭《か》けてみるしかないようだった。

船を手配した友之進も、ひと足遅れでやってくるはずだ。が、おそらく、仙台で会うことはなかろう。龍野藩との関わりを気取られぬよう、遠くから様子を窺《うかが》うにきまっている。

一方、慎十郎自身には別の思惑があった。

咲をみつけ、本懐を遂げさせてやりたい。

むしろ、そちらの目途を果たすために仙台へ来たようなものだ。

三人は『弁天屋《べんてんや》』という旅籠《はたご》で旅装を解き、すぐさま市中へ繰りだした。

惣次は故郷の空気を吸ったせいか、みちがえるように活《い》き活きとしている。

「南北に走るのが奥州街道、東西を結ぶのが大町大路《おおまちおおじ》です。この芭蕉の辻が御城下の臍《へそ》なのですよ」

「ふうん」

旅人たちはまず、辻の四方に建てられた城郭風の櫓《やぐら》に目を奪われる。

いずれも商家の一部なのだが、このまま大町大路を西へ進んださきに構える大手門に呼応しているらしい。

町人地には三千軒におよぶ家屋敷が集まっており、これらをぐるりと取りかこむ侍屋敷は数だけでもその三倍におよんでいた。

仙台城下は武士の町という印象が強い。

それにしても、三人の風体は目立った。

ことに、丈七尺を超える青葉山は衆目を集め、子どもたちなどは恐いものみたさで集まってくる。

「これではとても、隠密働きはできまい」

惣次が冗談まじりに言った台詞《せりふ》を真に受け、青葉山はふらりと消えた。

からだが大きいわりには、気の小さいところがある。

おおかた、辻相撲で小銭を稼ぐ腹なのだろう。

慎十郎はさして気にも留めず、惣次を促した。

「さあ、国目付の屋敷に連れていけ」

「かしこまった」

ふたりは大町大路を西に進み、澄みきった広瀬川のせせらぎを眼下におさめながら橋を渡った。

橋向こうは武家地だ。

坂道をのぼって高台に進むにつれ、屋敷も大きくなっていく。

「桃の節句に飾る雛壇《ひなだん》と同じで、高みに行くほど住まわれている方の身分も高くなります」

「ほう」

敷地の境界には生垣が築かれ、どの庭にも桃や柿などの果樹が植えられている。裏手には鬱蒼《うっそう》とした竹藪《たけやぶ》もあり、春先には筍《たけのこ》が採取できるという。

惣次は朗らかに笑った。

「四季折々の食べ物を自前で育て、平時でも兵糧攻めに備えているのですよ」

徳川幕府と一線を画してきた外様《とざま》の気骨が、屋敷の配置や造りにもあらわれている。

「屋敷林を育《はぐく》む水は、用水から確保します」

「なるほど」

城下を縦横に流れる四ツ谷《よつや》用水がそれだ。

北西の大崎八幡《おおさきはちまん》付近から広瀬川を遡《さかのぼ》った郷六に取水口があり、用水路は城下一帯に網目のごとく広がっていた。

——ぴーるり、ぴーるり。

滴るような緑の狭間から、大瑠璃《おおるり》の鳴き声が聞こえてくる。

ふたりは、坂道をずんずんのぼった。

「あそこです」

国目付の屋敷は大手門に近い。

大名を監視するために設けられた幕府大目付の出先にほかならず、まっさきに訪ねてみよと友之進に助言されたところでもあった。

ただし、脇坂安董の命を帯びてきたことは秘せよと念を押されている。国目付といえども、初対面の相手を信じるのは危ういとの配慮からで、あくまでも大目付の命でやってきたことになっていた。

御城の正門左手には、堂々とした脇櫓《わきやぐら》がみえる。

国目付の屋敷構えも、負けず劣らず立派なものだった。

門番に用件を告げると、国目付の佐々木十内《ささきじゅうない》みずから玄関先まで迎えにでてきた。

友之進からはなしを通してあったらしく、こちらが面食らうほどの丁重さだ。

「毬谷慎十郎どのですか。お噂《うわさ》はかねがね伺っておりますぞ」

佐々木は柔和な感じの五十男で、初対面の相手に好印象を与えた。

ただし、敵中に配されているだけあって、抜け目のなさを秘めている。

「江戸では並ぶ者無き剣名を馳せておられたとか」

「いえいえ、それほどの者ではござらぬ」

慎十郎は、まんざらでもないといった顔をした。

おだてられると木に登る性分を見抜かれている。

惣次とふたりで座敷に通され、昼の日中から酒席をもうけてもらった。

慎十郎は遠慮もせずに盃《さかずき》を呷《あお》り、あっというまに一升ぺろりと呑《の》みほし、佐々木を唖然《あぜん》とさせる。

「いや、まいった。噂以上の豪胆さ。毬谷どのには感服つかまつった」

「そろりと、本題にはいりましょう」

「本題」

「さよう、抜け荷の探索にござる。何処《どこ》から手をつければよいのか、簡潔にお教え願いたい」

「ふうむ。ちと、それは無理だ」

「無理とは」

「配下の平子四郎兵衛が討たれて以来、敵も隙をみせぬようになってな」

「平子どのと申されるのは、仙台坂で斬殺《ざんさつ》された御仁のことですね。ご配下だったのですか」

「公儀における仕組の上では、まあ、そうなる。されど、かの御仁は大目付さまの甥《おい》御《ご》ゆえ、ほとんど単独で隠密働きをされておった」

「肝心なはなしは聞いておられぬと」

「さよう。情けないはなしじゃがな」

佐々木は酒を注ごうとしたが、慎十郎は断った。

「機嫌を損ねられたか」

「いいえ、別に」

「そもそも、わしの役目は伊達家の御当主ならびに御重臣方とつつがない関わりを保つこと、それのみでござる。悪事不正をこそこそ嗅《か》ぎまわるようなことをすれば、すぐに気取られて、それこそ闇討ちにあってしまう。わしも命が惜しいでな、この仙台で何年かおつとめし、江戸へ凱旋《がいせん》を果たす所存でおるかぎり、下手なまねはできぬ。察してくれぬか、のう」

あてが外れた。

空の盃を抛《ほう》りたい気分になったが、慎十郎は我慢した。

こうなれば、自分たちでどうにかしなければなるまい。

「佐々木さま、お役目のことはさておき、ひとつお伺いしたいことがござる」

「何であろうな」

「じつは、丹波咲と申す女剣士を捜しております。噂など、お聞きおよびではござらぬか」

「はて、知らぬなあ」

惚《とぼ》けている様子もなく、本心から発しているようだ。

「その女剣士が、どうかなされたか」

逆しまに問われ、慎十郎はお茶を濁した。

手伝う気もない相手に、手の内を明かす必要もない。

ところが、佐々木は妙なことを漏らした。

「先日は伊達家のご重臣に、江戸からやってきた元小人目付《こびとめつけ》の素姓を尋ねられた。その者は拠所《よんどころ》ない事情から浪人となったが、このたび若君の剣術指南役に推挙される見込みになったとか。そこもとの仰《おつしや》る女剣士といい、何やら焦臭《きなくさ》いにおいを感じる。困ったことに、むかしから悪い勘だけはよく当たるのでな。ともかく、面倒なことにならねばよいが」

別に知りたいわけでもなかったが、小人目付の名を問うと、佐々木はあっさり教えてくれた。

「拝郷一馬とか申す四十がらみの男じゃ。拝郷とはまた、めずらしい苗字よな」

すでに、慎十郎の耳には何も聞こえていない。

甚兵衛の首を落とした示現流の太刀筋が鮮明に浮かんでいた。

拝郷はまちがいなく、寄場奉行のもとで甘い汁を吸ってきた。

あやつ、仙台に来おったのか。

しかも、若君の剣術指南役といえば重要な役目だ。有力者の推挙無しに就ける役目ではない。

いったい、誰が。

柳橋の酒楼で目にした老臣をおもいだす。

たしか、荒神主膳というたか。

荒神は寄場奉行の坂巻と通じている。それを考えれば、拝郷とも繫《つな》がっていると考えていい。

一徹によれば、咲は敵《かたき》を追って仙台までやってきた。

ひょっとしたら、敵とは拝郷なのではあるまいかと、慎十郎はおもった。

危うい。

いかに手練《てだ》れの咲でも、あの男と真剣でやりあうのは危険すぎる。

まずいぞ。

焦りが募った。

一刻も早く、咲を捜しださねばならない。

二

咲の行方を捜し、見知らぬ町を歩きまわった。

町家は芭蕉の辻を中心とした大路に沿って築かれ、武家地の「丁《ちょう》」にたいして「町《まち》」と呼ばれている。

町割りは碁盤の目のようになされ、たとえば、城下町成立当初にできた譜代六町は、大町三丁目が木綿、四丁目が絹、五丁目は小間物などと明確に分けられていた。序列で譜代のつぎにあたる肴町《さかなまち》には海で産する五十集物《いさばもの》、三番目に位置する南町には野菜などの八百集物《やおばもの》を扱う店が集結し、町方二十四町と称する範囲の内では、町人たちが各々の品の専売権を与えられている。

途中から遊山気分になり、大崎八幡宮《はちまんぐう》や東照宮などの名所にも足を延ばした。が、夕暮れになると、咲に邂逅《かいこう》できない虚《むな》しさを埋められなくなり、裏通りに面した居酒屋の暖簾《のれん》を振りわけてしまった。

注文した地酒を呷っていると、隣の床几《しょうぎ》に座る若い侍たちが囁《ささや》きあっているのが聞こえてきた。

「天下の松岡《まつおか》道場も、おおいに体面を潰《つぶ》された。いかに強いとは申せ、竹刀《しない》を合わせた相手はおなごだ」

「さよう。聞くところによれば、師範代が完膚無きまでに討たれたあと、道場主の鉄《てっ》心斎《しんさい》先生は恐れをなして立ちあおうとせなんだとか」

「仙台侍の名折れと、揶揄《やゆ》されても仕方あるまい」

「されど、まことなのか。そのはなし」

「真偽のほどはわからぬが、こうして噂になっておる」

「たしかに」

慎十郎はぐい呑みを置き、がばっと立ちあがった。

侍たちのほうへ身を寄せ、虎のように前歯を剝《む》く。

「教えてくれ。女剣士の名は」

「……し、知らぬ」

「されば、道場の場所を描いてくれぬか」

慎十郎は半紙と矢立を取りだし、床几に置いた。

「藪から棒に何を言うか。おぬし、土地の者ではないな」

「四の五の抜かさず、場所を描け」

「それが他人にものを頼む態度か」

激昂《げっこう》するひとりの胸倉を摑み、ぐいっと引きよせる。

「いいから描け」

「……は、はい」

松岡道場は仙台でも屈指の門人数を誇る道場で、小間物問屋の集まる大町五丁目にあった。

芭蕉の辻とも、さほど離れていない。

さっそく足を運んでみると、北辰一刀流を看板に掲げているらしかった。

慎十郎は苦笑いし、開けはなたれた門をまたいで道場の玄関へ向かう。

「頼もう。どなたかおられぬか」

稽古《けいこ》は終わってしまったのか、門人たちの気配はない。

道場を覗《のぞ》いても深閑としており、薄暗がりに蠟燭《ろうそく》の炎だけが揺れていた。

「ごめん、どなたかおられぬか」

もう一度腹から叫ぶと、厳《いか》めしげな惣髪《そうはつ》の人物があらわれた。

「本日の稽古は終了した。入門をお望みなら、明朝に出直してまいられい」

どうやら、夕餉《ゆうげ》を摂《と》っていたところらしい。

迷惑そうな応対にも、慎十郎は怯《ひる》まない。

「松岡鉄心斎どのか」

「いかにも、そうだが」

「噂を聞いた。こちらに女剣士がまいったとか」

「はて」

鉄心斎は眉《まゆ》をひそめ、言下に否定する。

「いったい、何のことだか」

「おとぼけなさるな。けっして口外はせぬゆえ、正直におこたえいただきたい。女剣士は丹波咲と名乗らなんだか」

「おぬしは何者だ」

「毬谷慎十郎。江戸から女剣士を追ってきた」

「ほう、わざわざ江戸から。女剣士に因縁でも。もしや、ひょっとして、敵《かたき》か何かでござるか」

「いや」

と、応じておきながら、慎十郎はうなずいた。

「まあ、そのようなものとご理解いただきたい。拙者はどうしても、その女剣士と立ちあわねばならぬ」

ここは嘘も方便とわりきり、相手の出方を窺う。

案の定、道場主の態度が変わった。

「毬谷どのと仰せか。貴殿があの女剣士を討つとお約束してくださるなら、仔細《しさい》をおはなし申しあげよう」

「約束いたす」

「されば」

一昨日の朝、咲は黒髪を高位置に結い、若侍の扮装《いでたち》で道場へやってきた。凛《りん》とした声で他流試合を申しこみ、まずは、気軽に受けた上位の者三名を手もなく討ちのめした。さらに、免状持ちの師範代を抜き胴の一刀で斥《しりぞ》けるや、大声で「仙台侍の力量はこの程度か」と小莫迦《こばか》にしつつ、堂々と名乗ったという。

「丹波咲と聞いてはじめて、おなごであることがわかった。ゆえに、わしは立ちあいを拒んだ」

「おなごに負けたとあっては、世間の物笑いになるからか」

「何だと」

「まあ、尖《とんが》るな」

慎十郎がさきを促すと、鉄心斎は憮然《ぶぜん》とした顔ではなしをつづける。

咲は「袴《はかま》の損料代はいらぬ」と鼻で笑い、風のように去っていった。

門人たちのなかには、悔し泣きをする者もあったらしい。

箝口令《かんこうれい》が敷かれても、これほどの出来事が噂にのぼらぬはずはない。

「もはや、手はひとつ。わが道場の面目を保つべく、草の根を分けてでも丹波咲をみつけだし、討ちはたす以外にはない」

鉄心斎は真顔で決意を述べる。

咲の命を絶つ気なのだと知り、慎十郎は憤りを感じた。

「門人たちが手分けして捜しておるが、居場所はまだわからぬ」

「されば、みつけ次第、報《しら》せていただきたい」

慎十郎は草鞋《わらじ》を脱いだ旅籠の名を告げ、鉄心斎に背を向ける。

「待たれよ。毬谷どのと申したな」

「いかにも」

鉄心斎は音もなく壁際に歩みより、二本の木刀を手にするや、滑るように近づいてきた。

「失礼だが、力量をためしたい」

「ふむ、よかろう」

ふたりは間合いを取って向きあい、刀礼ののち、木刀を相青眼に構えた。

「いえい、ぬひょう」

鉄心斎は髪を振りみだし、さかんに気合いを発してみせる。

なるほど、手練れではあるが、いまひとつ強靱《きょうじん》さに欠けていた。

島田虎之助などとくらべれば、力量に雲泥の差がある。

もちろん、慎十郎の敵ではない。

一刀で仕留めてくれよう。
静かに木刀を寝かせ、わざと隙をつくった。
誘いこまれるように、鉄心斎が打ちかかってくる。
「せいっ」
重厚な気合いとともに、木刀が振りおろされた。
一刀流の上段、斬り落としの秘技だ。
慎十郎は動かず、相手の双眸《そうぼう》を睨《にら》む。
そして、無造作に木刀を振りあげた。
――ひゅん。
気合いもなければ、殺気もない。
――ばちっ。
乾いた音を残し、鉄心斎の木刀が弾《はじ》けとぶ。
つぎの瞬間、天井に突きささった。
「ぬくっ」
鉄心斎は両膝《りょうひざ》を落とし、痺《しび》れた掌《てのひら》をみつめて声を震わせる。
「……お、恐ろしく強い」

「丹波咲は、わしより強いぞ」

「何と……た、丹波咲とは、いったい何者なのだ」

慎十郎は壁際に進んで木刀を刀掛けに戻し、ぼそっと漏らす。

「知りたいなら、教えてやろう。玄武館の総帥、千葉周作の愛弟子《まなでし》よ」

「まさか……ち、千葉先生の」

ことばを失う鉄心斎を残し、慎十郎は道場をあとにした。

三

旅籠に戻ると、青葉山も「道場荒しをする女剣士」の噂を聞きつけてきた。

噂にのぼったさきは五指に余り、いずれも仙台で名だたる道場ばかりだという。

「足跡だけを残して煙のように消えちまう。何のつもりかね」

青葉山は咲本人を知らぬのに、慎十郎以上に案じてみせる。

ともかく、感情の量がひとよりも多いのだ。

「慎さん、ひょっとしたら、狙《ねら》いはあれかもな」

「あれとは何だ」

怒ったように問うと、青葉山はしてやったりといった笑みを浮かべる。

「七夕祭にちなんで、御前試合が催されるらしい」

「ほう」

家中の侍のみならず、奥州一円や関八州《かんはっしゅう》などからも剣豪たちが集うと聞き、慎十郎は身を乗りだす。

「もちろん、誰でもというわけにはいかぬ」

参じる者は事前にふるい落とされ、実力のある者だけが一対一の申し合いに進むことができる。

「四人抜きで八人に絞られ、城内の大広間に舞台が移されると聞いた」

「八人だけは殿様の目見得が許されるというわけか」

「ああ、そのようだ」

「八人の頂点に立つと、どうなる」

「藩の剣術指南役と立ちあうことができ、これに勝ちを得れば何でも望みはかなう。新たな剣術指南役に就くこともできようし、生涯困らぬほどの扶持米《ふちまい》も頂戴《ちょうだい》できよう。土地や屋敷を拝領するのも夢ではない」

そして、揺るがぬ名声を手にすることができる。

咲は市中の随所で道場破りを敢行し、前評判を掻《か》きたてたうえで御前試合に出るつもりなのだ。

「なるほど、そういうことか」

狙いは、扶持でも地位でも名声でもない。強者《つわもの》どもの頂点に立ち、たったひとつの望みを殿様に聞きとどけてもらう気なのだ。

望みとは、父の敵討ちにほかならない。

まちがいなく、敵はこの仙台にいる。

殿様のお墨付きを得て敵を捜しだし、本懐を遂げようともくろんでいるのだ。

「さすが、咲どのだな」

逞《たくま》しい。

慎十郎は何やら、嬉《うれ》しくなってきた。

「ふふ、わし以上の無謀を平気でやってのける」

今日は文月《ふづき》四日、七夕まではあと三日しかない。

それまでに、厄介な役目に目処《めど》をつけておきたかった。

夜更けになり、惣次が弱りきった顔で戻ってきた。

「どこへ行っておった。心配したぞ」

「すみません。実家の様子を窺ってまいりました」

「母《かか》さまに会ってきたのか」

「いいえ。垣根の隙間から覗いただけです。されど、近所の噂は耳にいたしました」

慎十郎は、惣次から母の便りをみせられていた。

——意地を張らずに帰っておいで。

と、そこには、愛情の込められたことばが綴《つづ》られてあった。

聞けば、奥井家は伊達家に代々仕える名家にほかならず、武辺者で鳴らした父の惣《そう》右衛門《えもん》は長らく若い殿様の守《も》り役をつとめていた。数年前に隠居し、家督を長男に譲ってからは悠々自適の暮らしを送っていたが、半年前に卒中で倒れ、生死の境をさまよったのだという。

「父の病状について、母の文にはひとことも触れてありませんでした」

「おぬしを心配させぬためさ。母心だな」

慎十郎は幼いころ、母を病で失っている。

故郷の龍野は播州の小京都とも称され、風光明媚《めいび》な山河を擁する城下町だった。仙台にやってきて、故郷の山河が急に懐かしくなった。壮麗な仙台城にくらべれば、龍野城はちっぽけな城にすぎない。だが、広瀬川の澄んだ流れは幼いころに兄たちと泳ぎ競べをした揖保川を想起させたし、緑豊かな青葉山は霞に包まれた鶏籠山を彷彿とさせた。何よりも、優しかった母の面影が浮かび、慎十郎をしんみりとさせたのだ。

それだけに、母から慈しんでもらえる惣次が羨《うらや》ましい。

「兄は何やら失態があって役を外され、嫁いだ妹も離縁されて出戻っているとか。母は気丈に構えているようですが、いつまで保つかわかりません」

「帰ってやれ」

慎十郎の恐い眼差《まなざ》しを避けるように、惣次は横を向く。

「それができれば、これほど悩みはいたしません。わたしは勘当された身、今さらどの面さげて帰ればよいのです」

「弱ったな」

「毬谷さま、ご心配をお掛けして申し訳ない。でも、悪いはなしばかりではないのですよ」

惣次はおもいあたるさきを歩きまわり、役に立ちそうなはなしも仕入れてきた。

「城下から艮《うしとら》の方角へ約五里、塩竈《しおがま》神社の沖合に、密漁者たちを捕らえておく島があるそうです」

「密漁者とは、海賊のことか」

「まあ、似たようなものでしょう」

島は「寄場《よせば》」と呼ばれており、藩士といえども近づくことはできない。現地で仕切っている者の正体は判然としないが、密漁者たちの管理は「寄場」の提唱者でもある宿老のひとりに任されていた。

「誰だとおもいます。荒神主膳ですよ」

「ほんとうか」

「どうです、気になるはなしでしょう」

惣次は自慢げに胸を張る。

「しかも、寄場には海神を鎮める神社が築かれており、ひそかに『荒神神社』と呼ばれているとか」

「怪しいな」

そもそも、荒神主膳とは何者なのだろうか。

惣次によれば、何代もまえから仙台の地に根付いた家臣ではなく、いつのまにか権力の中枢に座っていた人物だという。

「そもそもは、陰陽師《おんみようじ》であったとの噂もあります」

藩の祭祀《さいし》を司《つかさど》り、一門の御歴々や重臣たちを手懐け、巧みな弁舌と機転でもって藩政にも容喙《ようかい》し、気づいてみれば金と権力の両方を掌握している。言ってみれば騙《かた》りのようなものだが、六十二万石を騙《だま》しとるつもりなら、あまりにも大それた野心家というよりほかにない。

かえって、そうであってほしいと、慎十郎は願った。

立ちむかう相手が巨悪であれば、いっそう燃える。やり甲斐《がい》を感じてしまうのだ。

惣次が、悪戯《いたずら》っぽく笑いかけてくる。

「島に渡ってみますか」

「できるのか、渡ることが」

「先立つものさえあれば、船の手配は容易です」

慎十郎はしばらく考え、ぱんと膝を打った。

「よし。国目付に事情をはなし、金を出させよう」

「されば、明晩、夜陰に乗じて島へ渡りましょう」

「きまりだ」

三人は役目の遂行を祈って盃《はい》をあげ、早々と床に就いた。

青葉山が地鳴りのような鼾《いびき》を掻くので、惣次は一睡もできなかったようだが、慎十郎は朝までぴくりとも動かず、死んだように眠りつづけた。

四

朝から咲を捜して市中を歩きまわったが、行方をつかむことはできなかった。

ただ、おもしろいことがひとつわかった。

敵とおぼしき拝郷一馬が、首尾能《よ》く若君の剣術指南役に就いたというのだ。

推挙したのは、荒神主膳であった。

荒神は拝郷をしかるべき地位に就け、何事かを画策している。

慎十郎は、焦臭《きな》い匂いを嗅いだ。

三人は夕刻までに浜辺へたどりつき、青海原に二百六十余りの島々が浮かぶ松島《まつしま》の景観を堪能《たんのう》した。

芭蕉《ばしょう》が「扶桑一の好風」と賞賛した絶景を眺め、惣次は戯《おど》けたように口ずさむ。

「松島や、ああ松島や、松島や」

「何だそれは」

「芭蕉翁は松島のすばらしい景観に感じ入り、肝心の句が浮かばなかった。それで、苦しまぎれに川柳を口ずさんだそうです」

「まさか」

「わたしも、作り話だとはおもいますがね」

青葉山は惣次のつぶやいた川柳がえらく気に入り、何度も「松島や、ああ松島や、松島や」と唸《うな》っては、慎十郎を笑わせる。

三人は少し南へ下がって塩竈神社に詣《もう》で、役目の成功と咲の無事を祈った。

五日の月が湾に点々と浮かぶ島影を照らしだすころ、三人は桟橋で待つ渡し船に乗りこんだ。

「寄場に渡る物好きってな、おめえさん方かね」

棹《さお》を握るのは、皺《しわ》顔の老いた船頭だ。

「ほれ、寄場の地図も描いといたよ」

「助かる。船賃は弾むぞ」

「ありがてえこった」

三人を乗せた船は、静かに漕《こ》ぎだした。

夜の海は凪《な》いでおり、月が水脈《みお》を煌《きら》めかせる。

しばらく漕ぎすすむと、鬱蒼とした島影がみえてきた。

「あれだよ」

船頭は艪《ろ》を器用にこねまわし、ゆったりと舳《みよし》をかたむけていく。

ぎっ、ぎっと艪の音が軋《きし》むたびに、惣次は不安げに島の様子を窺った。

「ふん、聞こえちゃいねえさ」

船頭が小莫迦にしたように笑う。

「やつらが沖へ出るのは、夜明け前だかんな」

「やつらって」

慎十郎が尋ねると、船頭はそっけなく応じた。

「漁師たちだよ」

「島から出てもよいのか」

「ああ、いいのさ。大きい声じゃ言えねえがな、連中は鮑《あわび》をどっさり採って島へ戻るんだ」

「鮑を」

「みつかりゃ首が飛ぶ。でもな、三年も我慢すりゃ大金持ちになるって噂だ」

船頭のはなしを信じれば、漁師たちは何者かに高い金で雇われ、ご禁制の鮑を採っていることになる。

もしかしたら、江戸の仙台坂で斬殺された隠密は「寄場」のことを嗅ぎつけたのではあるまいか。

きっとそうにちがいないと、慎十郎はおもった。

船は島の裏手へまわりこみ、浅瀬に漕ぎすすんでいく。

「ここまで来れば、岸辺にたどりつけるじゃろう」

「かたじけない。ほら、前金だ」

一分金二枚を渡すと、船頭は拝むような仕種《しぐさ》をする。

「明晩の今頃、迎えにきてくれ。そうしたら、小判一枚になる」

「任しておけって」

艪の音を残し、船は波間に消えていった。

三人は波飛沫《なみしぶき》をあげて走り、岸辺にたどりつく。

正面には漆黒の闇がひろがっていた。

耳を澄ましても、波音しか聞こえてこない。

島はかなり広く、大半は雑木林に覆われており、西側の一角だけが拓《ひら》かれているようだった。

ともかく、浜辺で夜が明けるのを待つとしよう。

三人は夜気を避けるべく、流木を組み立てて布を張った。

じっと、息をひそめる。
しばらくすると、闇の奥から薄気味悪い鳴き声が聞こえてきた。
――ひぃー、ひょー。
虎鶫《とらつぐみ》であろうか。
三人は不吉の前兆を感じとったが、すぐさま深い眠りに落ちた。
知らぬうちに夜は明け、島は乳色の靄《もや》にすっぽり包まれている。
木の葉に溜《た》めておいた朝露を啜《すす》り、三人はおもむろに歩きはじめた。
岩場を乗りこえ、雑木林に分けいり、ぬかるんだ道なき道を進む。
やがて、木々の隙間から朝陽が射《さ》しこみ、鳥も鳴きはじめた。
――ぎょっ、ぎょっ。
仰々しい鳴き声の主は、葭切《よしきり》にまちがいない。
汗みずくで半刻《はんとき》（約一時間）余りも進むと、突如、見晴らしのよい場所へ躍りでた。
御堂《みどう》がある。
「荒神神社か」
惣次がつぶやいた。
三人はうなずきあい、周囲に人気の無いのをたしかめる。

御堂の表にまわってみると、大きな向日葵《ひまわり》が咲いていた。

鰐口《わにぐち》と賽銭箱《さいせんばこ》がしつらえてあり、いたるところに五芒星《ごぼうせい》の紋章が見受けられる。

やはり、荒神家は陰陽師の系譜なのだろうか。

もしかしたら、島そのものが人の足で踏みこんではならぬ神域として位置づけられているのかもしれない。

三人はうなずきあい、船頭の描いた簡易な地図を覗きこむ。

神社は高台を拓いて築かれており、西へ三町も行けば砂浜のようだった。

「ほら、参道のさきから青海原がみえる」

惣次が指をさす。

「よし、わしが物見に行こう。おぬしらは御堂で待っててくれ」

慎十郎は参道を進み、石段を駆けおりた。

さきへ進むにつれて、潮の香りが濃くなる。

浜辺へ達すると、小屋がいくつもみえてきた。

人影もある。

青海原の向こうには、うっすらと陸地も遠望できた。

「ひい、ふう、みい……」

漁師は十人を超えている。

役人らしき人影はない。

慎十郎は何をおもったか、堂々と歩きはじめた。

誰も関心を向けない。

殺伐とした空気もない。

波打ち際までやってきた。

柵《さく》が横並びに何本も築かれ、何かが干し柿のように吊《つる》してある。

「鮑か」

塩漬けにして茹《ゆ》でた鮑を、天日で干しているのだ。

ようやく、漁師のひとりが気づいた。

「あんた、誰だね」

のんびりした口調で問うてくる。

「わしはただの侍だ。おぬしらは、海賊か」

「とんでもねえ。わしらはただの漁師さ。蝦夷から来たんだ」

「蝦夷から」

「ああ、この島を根城にして、遠くまで鮑を採りに行くのさ。おれたちは穴場を知っているかんな。島で半年も働けば、十年ぶんの稼ぎにありつける。蝦夷の漁師にとって、ここは夢の島さ」

「島のことを誰に聞いた」

「蝦夷屋の旦那《だんな》だよ。わしらにとっては神様のようなおひとさ」

「島には役人もいるのだろう」

「目にはするが、喋《しゃべ》ったことはねえ」

監視役など必要ないらしい。

漁師たちは充分に優遇されている。

みずからすすんで島に渡り、金を稼いで故郷へ戻るのだ。

そして、人数が足りなくなったら、別の漁師がまたやってくる。

人手をやりくりしているのが、御用商人の蝦夷屋七太夫にちがいない。

蝦夷の土地者から干し鮑を仕入れるだけでは飽きたらず、自力で鮑を採取することまでやっているのだ。

慎十郎は漁師に礼を言い、来た道を戻っていった。

御堂へとつづく石段をのぼり、参道を足早に進む。

「ん」

妙だ。

人気がしない。

御堂の観音扉を開いても、青葉山と惣次のすがたはなかった。

生暖かい風が、すうっと首筋を撫《な》でる。

「まずいな」

慎十郎は胸騒ぎをおぼえ、腰の刀に手を掛けた。

五

雑木林がざわりと揺れた。

「慎さん、すまねえ」

生傷だらけの青葉山が、力無く笑った。

雁字《がんじ》搦《がら》めに縛られ、四人の浪人に連れてこられる。

後ろ手に縛られた惣次の顔もあった。

ふたりは居眠りしているところをみつけられ、大人数に踏みこまれて搦めとられたらしい。

手下どもの風体を一見すれば、藩の役人でないことはわかる。

金で雇われた食い詰め浪人どもだ。

「ぬふふ、三匹目の鼠《ねずみ》が掛かりおった」

浪人たちを束ねるのは、狡賢《ずるがしこ》い商人《あきんど》だった。

慎十郎には、見当がついている。

「蝦夷屋か」

「ようわかったな」

「毬谷さま……」

惣次が横から口を挟んだ。

「……われわれの動きは、筒抜けでした」

「何だと」

「国目付が裏切ったのです」

「なるほど、そういうことか」

佐々木十内のしたり顔が浮かんだ。

「あいつめ、これほど見事に裏切ってくれるとはな」

「ふん、今ごろ気づいても遅いわ。佐々木十内は命を惜しみ、あっさり金に転んだ。

国目付なんぞ、その程度のものさ」

嘲笑《あざわら》う蝦夷屋を、慎十郎は睨みつける。

「おぬし、荒神主膳の命で動いておるのか」

「それがどうした。今や、荒神さまは日の出の勢い。お殿さまのおぼえもめでたく、国家老の首座に就かれる日も近い。そうなれば、われらの天下、望みはおもいのままになる」

「望みとは何だ。金儲《かねもう》けか」

「ふふ、それもある。されど、金儲けは手段にすぎぬ。われらには大きな企てがあるのよ」

「企て。ふん、どうせ、ろくなものではあるまい」

蝦夷屋は真顔になった。

「教えてほしいか」

「言ってみろ」

「奥州に国を造る」

「何だと」

「絵空事ではないぞ。われら外様の雄藩は、徳川《とくがわ》を潤すためにあるのではない。米にしろ、労役にしろ、外様ばかりに過度な負担を掛けおって。徳川のやりようは目に余る。ゆえに、われらは江戸の徳川と決別し、この奥州で新たな国を造る」

慎十郎は空唾《からつば》を呑む。

何と、壮大な企てではないか。

敵ながら、あっぱれと言いたいが、あまりに突飛すぎるはなしだ。

「徳川に戦いを挑むのか。関ヶ原《せきがはら》の再燃になるぞ」

「望むところよ。いまや、徳川家に家康公《いえやす》はおらず、四天王もおらぬ。はたして、幕臣に武士と呼べる者が何人残っていようか。この仙台には、いくらでも骨のある武士がいる。そうした方々の筆頭が、荒神主膳さまよ」

蝦夷屋は頭のてっぺんから爪先《つまさき》まで、荒神に傾倒しているようだった。

「そのはなし、重臣たちも知っておるのか」

「今はまだ知らぬ。知れば抗《あらが》う者も出てこよう。そうした連中には鉄槌《てっつい》をくれてやればいい」

徳川への叛逆《はんぎゃく》を、殿様がまず許しはすまい。

「そうなれば、お殿さまの首をすげ替えるまで。あくまでも、藩の行く末を握っておられるのは、荒神さまよ」

「おぬし、騙《だま》されておるぞ」

「ふん、勝手にそうおもえ」

「わしを荒神に会わせろ。化けの皮を剝《は》いでやる」

「身の程知らずめ。おぬしのごとき野良犬に、荒神さまがお会いになるとおもうのか。それっ」

蝦夷屋の合図を受け、浪人どもが一斉に抜刀する。

慎十郎は刀を抜かず、襲ってくる連中を素手で斥けた。

何人束になって掛かっても、掠《かす》り傷ひとつ負わせることもできない。

「ふはは、莫迦め。慎さんに勝てるわけがなかろう」

縛られた青葉山が、反っくりかえって叫ぶ。

浪人どもは傷つき、地べたに這《は》いつくばった。

それでも、蝦夷屋に焦りはない。

「そこまでじゃ」

別の場所から、重々しい声が響いた。

御堂の裏から、人影があらわれる。

身分の高い侍だ。

「荒神主膳か」

慎十郎は吐きすてた。

柳橋の酒楼で目にしたときより、倍も大きくみえる。

蝦夷屋を筆頭に、すべての手下どもが平伏した。

さらに、御堂の裏から、別の人影があらわれる。

拝郷一馬だ。

あっと、声をあげそうになる。

人足寄場で甚兵衛の首を斬《き》った男にまちがいない。

やはり、ふたりは通じていたのだ。

荒神が口をひらく。

「国目付の佐々木某《なにがし》から聞いた。おぬし、毬谷慎十郎とか申すらしいな。いったい、誰の命で動いておる」

「大目付だ」

「嘘を吐くな。おぬし、大目付の隠密ではあるまい。隠密にしては、間抜けすぎるからのう。もう一度聞く。いったい、誰の命で動いておる」

「喋らぬと言ったら、どうする」

「ふふ、喋るさ」

荒神は首を振り、後ろに控える人斬りに笑いかける。

拝郷は意図するところを察し、蝦夷屋に顎《あご》をしゃくった。

「相撲取りを連れてこさせろ」

「へえ」

青葉山が、四人掛かりで連れてこられた。

拝郷は一歩踏みだし、平然と言う。

「毬谷とやら、正直にこたえねば、こやつを斬るぞ」

「何だと」

「嘘ではない」

拝郷は身を沈め、素早く刀を抜いた。

青葉山は前歯を剝き、荒神のほうに食ってかかる。

「騙りめ、後悔させてやるぜ」

「青葉山大五郎か。おぼえておるぞ。以前は大関であったな。狙いを定めたら、迷いもなく突進するぶちかまし、見事なものであった。されど、それもむかしのはなし。城を逐《お》われてから、どうしておった。江戸で物乞《ものご》いでもしておったか」

「この野郎。てめえは、まっとうじゃねえ。おれにはわかる。理屈じゃねえんだ。偉そうなことを言うやつは、信用できねえ」

「戯言《ざれごと》を抜かしおって。おい、そやつの縛《いまし》めを解いてやれ」

青葉山は縛めを解かれるや、後退《あとずさ》りし、四股《しこ》を踏みはじめた。

どしん、どしんと踏むたびに、地面が揺れる。

拝郷の白刃に、素手で挑むつもりなのだ。

慎十郎は叫んだ。

「やめろ、おぬしのかなう相手ではない」

「へへ、まかせておきなって」

青葉山は四股踏みをやめ、こちらに笑いかけた。

「慎さん、みていてくれ。おれだって少しは役に立つんだぜ」

頼むから、やめてくれ。

胸の裡《うち》で繰りかえしても、青葉山には通じない。

「八卦《はっけ》よい」

みずからに引導を渡すかのように、大声で叫びあげる。

「ほざけ」

拝郷は刀を掲げた。
示現流独特の上段、蜻蛉《とんぼ》の構えだ。
「うおおお」
青葉山は雄叫《おたけ》びをあげ、猛然と突進していく。
「ちぇーい」
猿叫が響いた。
——ぶん。
刃音が唸る。
つぎの瞬間、青葉山は足を止めた。
「……し、慎さん」
伸ばした右手が震え、空を掴む。
拝郷は、すっと脇へ逃れた。
刹那《せつな》、鮮血がほとばしった。
青葉山は、袈裟《けさ》懸《が》けに斬られていた。
肺腑《はいふ》や心ノ臓に達するほどの深い傷だ。
それでも、倒れない。

根が生えたように立ったまま、青葉山はこときれた。

「うわああ」

惣次が泣き叫んだ。

その鼻先に、拝郷が血の滴る刀を突きつける。

「つぎは、こやつの番だ。さあ、毬谷とやら、おとなしく縛につけ」

「くっ」

慎十郎は力無く項垂《うなだ》れ、縄を打たれるにまかせた。

青葉山は棒で突っつかれても、なお、弁慶《べんけい》のように立ちつづけている。

さぞ、無念であろう。

涙すら、出てこない。

何もできない自分を、慎十郎は呪《のろ》った。

六

──ひぃー、ひょー。

闇の彼方《かなた》から、虎鶫の鳴き声が聞こえてくる。

慎十郎と惣次は手枷《てかせ》足枷を嵌《は》められ、御堂のなかに繋がれた。

荒神と拝郷は去り、蝦夷屋七太夫と手下たちだけが残っている。

慎十郎に痛めつけられた浪人どもは、仕返しとばかりに撲る蹴《け》るの暴行をくわえた。

顔つきが変わってしまうほどになっても、慎十郎にとっては何ほどのことでもない。

むしろ、案じられるのは、惣次が責め苦に耐えられるかどうかだ。

すでに、右手の指を二本もへし折られている。

「ふへへ、わしはこうみえても、さんざん海賊まがいのことをしてきた。責め苦が三度の飯より好きでな」

蝦夷屋は太い蠟燭を片手で握り、惣次に迫った。

足首を摑んで引っぱり、爪先を炎で炙《あぶ》りはじめる。

「ひゃあああ」

痛みに耐えきれず、惣次は気を失った。

それでも、慎十郎は口を割らず、蝦夷屋と見張りの手下を睨みつける。

「ふん、黙ってりゃいいさ。それだけ、楽しめるというもんだ」

蝦夷屋は嘲笑い、懐中に手を入れる。

匕首《あいくち》でも出てくるのかと身構えれば、取りだされたのは大福帳のような冊子だった。

「これが何かわかるか。へへ、大目付の隠密に盗まれたものさ」

盗んだ隠密とは、仙台坂で斬られた平子四郎兵衛のことだ。おそらく、平子は動かぬ証拠となるべきものを携えていた。それを、刺客によって回収されたのだろう。

「帳簿だよ。この五年間でご禁制の俵物を誰にどれだけ売り、利益をいくらあげたか。それらが一目瞭然《りょうぜん》でわかる。わしと荒神さまとの密約書もあるぞ。裏切られぬための用心さ」

「さすがに、抜け目のない悪党だな」

「褒めてくれるのか、あん」

蝦夷屋は慎十郎に鼻面を近づけ、くんくん嗅ぎはじめる。

「臭えぞ。間諜《かんちょう》のにおいだ。ほれ、わんわん吠えてみろ」

「もっと近づけ」

「なにっ」

この機を、ずっと待っていたのだ。

慎十郎は反動もつけず、頭突きを食らわしてやった。

「ほげっ」

蝦夷屋は鼻を潰《つぶ》され、気を失う。

すかさず、手枷の鎖を首に引っかけた。

「うおっ」

見張りが刀を抜きはなつ。

慎十郎は、静かに告げた。

「こいつを殺したくなかったら、枷を外せ」

見張りは戸惑いつつも、言うとおりにする。

縛めを解かれた。

もはや、この島に用はない。

見張りの鳩尾《みぞおち》に拳《こぶし》を埋めこみ、難なく昏倒《こんとう》させる。

惣次の縄も解いてやり、帳簿と密約書を懐中に捻《ね》じこんだ。

観音扉を蹴破り、外に屯《たむろ》する浪人どもをひとり残らず峰打ちにする。

全員ひとまとめにして木に括《くく》りつけ、猿轡《さるぐつわ》も塡《は》めてやった。

さすがの慎十郎もへとへとになったが、ともかく、一刻も早く島から抜けださねばならない。

明日は七夕、御前試合に参じるであろう咲にどうしても会わねばならぬ。

「戻るぞ」

傷ついた惣次を背負い、雑木林に分けいった。

来た道をたどって雑木林を抜け、岩場に立つ。

睨みつけるさきには、暗い海がひろがっていた。

すでに、船頭と交わした約束の刻限は過ぎている。

「やはり、だめか」

あきらめかけたとき、ぎっと艪の音が聞こえた。

「おるのか。おうい、おうい」

喜々として波間に呼びかけると、相手も龕灯《がんどう》をまわして合図を送ってくれる。

律儀な船頭だ。

まだ、運は残っていたらしい。

波打ち際まで進むと、背中の惣次が正気に戻った。

「……ま、毬谷さま」

「ん、気づいたか。もう少しの辛抱だぞ」

「……た、助かったのですか」

「ああ」

「青葉山のおかげですね」

「そうだな」

たぶん、空から見守ってくれていることだろう。

天を見上げれば、満天の星が瞬いている。

流れ星がひとつ、すうっと落ちていった。

慎十郎は西の方角を向き、深々と頭《こうべ》を垂れる。

亡骸《なきがら》を弔ってやれなかったことが悔やまれた。

「すぐに引っ返してくるからな。待っててくれよ」

「……せ、せめて、青葉山の気概だけは携えてまいりましょう」

惣次のことばが胸に沁《し》みる。

慎十郎は、流れる涙を止めることができなかった。

七

七夕、仙台城内大広間。

――どん、どん、どん。

咲は試合開始を告げる太鼓の音色を聞いていた。

すでに何人もの猛者《もさ》から勝ちを得、あとひとりで頂点というところまでのぼりつめている。

からだは疲れきっていたが、心は晴れ晴れとしていた。

みずからの力で勝利をつかむことの喜びを感じている。

対戦する相手のことなど、何ひとつわからない。

おなごが剣豪の頂点を決める舞台へ進んだことに、大広間に集う誰もが驚いていた。

最初は眉をひそめる者もあったし、あからさまに嫌悪する者もあったが、今は大勢が自分の勝利を期待し、熱い眼差しを注いでくる。

上覧席の中央には、二十歳そこその若い殿様が座っていた。

仙台藩第十二代藩主、伊達陸奥守《むつのかみ》斉邦《なりくに》。学問を好む殿様で、生まれつき病弱らしく空咳《からせき》を放っていたが、いざ試合がはじまるや、咳をするのも忘れて身を乗りだした。

「あっぱれじゃ、名乗ってみよ」

四人目の相手に負けをつけたとき、咲は直々に声を掛けられた。

ところが、名乗ろうとした途端、重臣席に座る宿老に重厚な声でたしなめられた。

「頭が高い。控えい」

声の主は藩政を司る家老のひとりで、荒神主膳という人物だった。

行司役の老臣が気を利かせ、咲の名を囁くと、斉邦は何事もなかったようにうなずいた。

温厚といえばそれまでだが、伊達政宗の血筋とはおもえぬほどの虚弱さだった。

ふと、慎十郎の雄姿が浮かんできた。

実高百万石の領地を治めるなら、あれくらいの器はいる。

慎十郎の朗らかな顔や大らかな性分をおもいだすと、肩の力が自然に抜けた。

さあ、参ろうか。

つぎの対戦に勝たねば意味はない。

太鼓の音がやんだ。

咲は半刻ほどまえから、上覧席に向かって左手の袖《そで》に控えている。

黒髪をきゅっと後ろで結び、手際よく白襷《しろだすき》を掛け、白鉢巻を締めなおす。

行司役の声が、高らかに響いた。

「双方、出ませい」

江戸紫の帯を、ぽんと叩《たた》く。

白い長袴《ながばかま》を床に滑らせ、表舞台の中央に進みでた。

濡《ぬ》れ縁の下は、白い玉砂利の敷かれた中庭だ。

瓢簞池《ひょうたん》があり、朱塗りの太鼓橋も架かっている。

漆喰塀《しっくい》の際には、枝ぶりも見事な松が植わっていた。

右手の袖から進みでた相手は、月代《さかやき》を蒼々《あおあお》と剃《そ》っている。

三十手前の藩士だ。

身の丈は五尺八寸（約百七十六センチメートル）、胸板は分厚く、長い四肢に鞭《むち》のようなしなやかさを秘めている。

午前中に城外で一度、坐《ざ》したまま瞑目《めいもく》しているすがたを垣間見《かいまみ》た。

おそらく、この人物が最後に闘う相手になるだろうと、そのとき予感したとおりになった。

――松岡銑之丞《せんのじょう》。

という名を聞いても、何ら心は動かない。

七夕の御前試合に出場する権利を得るために、道場荒しで名をあげることに決め、最初に選んださきが松岡鉄心斎の道場だった。

目のまえに立つ銑之丞は鉄心斎の甥、藩内随一の剣客として知られる強者《つわもの》だ。

誰かに素姓を囁かれても、咲に動揺はなかった。

対峙《たいじ》する相手の素姓など、正直、どうでもよい。

――邪念は負けに通じる。
祖父一徹の教えが身についているからこそ、ここまで勝ちあがってこられた。
一方、相対する銑之丞のほうは、叔父《おじ》の意向を汲《く》んできているようだ。
丹波咲に勝ち、松岡道場の面目を保つべし。
そう、煽《あお》られてきた。
厳しい面付きをみればわかる。
対決するまえから、ふたりの精神のありようは異なっていた。
「これまでどおり、勝敗は寸止めにて決する。双方、心して掛かるように」
得物は三尺余りの木刀、まちがっても相手を打ってはならない。
寸止めは力加減が難しく、下位の者たちには怪我人《けがにん》が続出した。
「それでは、はじめっ」
ふたりは相青眼から、じっと睨みあう。
すでに、気と気がぶつかりあっていた。
「ふいっ、ふいっ」
松岡は爪先で躙《にじ》りより、木刀の先端を鶺鴒《せきれい》の尾のように動かす。
なるほどと、咲は合点した。

松岡の修めた流派は北辰一刀流なのだ。
だが、ここまでくれば流派も型も関係ない。
所詮《しょせん》は個と個のぶつかりあい、実力のあるほうが勝ち残る。
それだけのことだ。
「ねやっ」
松岡は足下を狙ってきた。
浮き足くずしか。
柳剛流では「臑斬《すねぎ》り」と呼ぶ。
咲は瞬時に察するや、乗りこむように上から木刀で押さえつけた。
さらに、小手《こて》を狙うとみせかけて飛翔《ひしょう》し、大上段から打ちこむ。
「のわっ」
松岡は鼻先三寸のところで躱《かわ》し、後方へ飛び退《の》いた。
木刀の風圧に断たれた髪の毛が数本、風に流れている。
「その技は流星《りゅうせい》」
松岡はうろたえ、驚いたようにつぶやく。
咲は瞑目し、師である千葉周作の太刀筋を反芻《はんすう》した。

そして静かに目をひらき、相手との間合いをはかる。
「とあっ」
気合いを入れると、自然にからだが動いた。
身を前傾させ、大上段から攻めにかかる。
「やっ」
斬るとみせかけ、突きに転じた。
息もつかせぬ変わり身だ。
木刀と肘《ひじ》をまっすぐに伸ばし、松岡の喉仏《のどぼとけ》を狙った。
躱されても、二段、三段と突きを繰りだし、相手を舞台の隅に追いこむ。
峻烈《しゅんれつ》な攻撃を受け、松岡は荒い息を吐いた。
「くそっ」
女に負けるはずはないと、最初から侮っていた。
そんな自分の愚かさに、ようやく気づいたのだ。
咲は攻撃を止め、何をおもったか、切っ先を床に落とす。
誘いの一手だ。
窮鼠《きゅうそ》となった松岡は、乾坤一擲《けんこんいってき》の反撃に転じた。

「すりゃっ」

跳ねながら上体を捻《ひね》り、左手一本で突いてくる。

抜突《ぬきつけ》の剣。

これも北辰一刀流にある。

狙いは喉、手練れの使う奥義だ。

咲は躱しもせず、微動だにもしない。

――打てども突けども、俄然《がぜん》不動。

という千葉周作の教えを守っていた。

――北極星は天の中心にあって動かず、敵の精緻《せいち》微細な動きすら逃さぬ。ただし、ひとたび太刀筋を見極めるや、鐘楼のごとく響くなり。

「覚悟せい」

松岡が吼《ほ》えた。

と同時に繰りだされた木刀が、止まっているようにみえる。

逆しまに、咲の握った木刀は流星のごとく、相手の眉間《みけん》を穿《うが》たんとするほどの勢いで突きだされた。

「……せ、星王剣か」

驚愕《きょうがく》する松岡の眉間手前で、木刀の切っ先がぴたりと止まっている。

隙間は一寸もあるまい。

松岡銑之丞の両膝が、すとんと抜けおちた。

咳《しわぶ》きひとつない静寂のなか、床に木刀の転がる音だけが響いた。

「そ、それまで」

行司役の裁定を待つまでもない。

「あっぱれじゃ」

上覧席の斉邦は脇息《きょうそく》を倒して立ちあがり、手をぱちぱち叩きはじめた。

居並ぶ仙台藩の重臣たちも、挙《こぞ》ってまねをする。

荒神主膳も我を忘れ、手を叩いていた。

それほどまでに、完璧《かんぺき》な勝利であった。

拍手もおさまったころ、斉邦が疳高《かんだか》い声を発した。

「丹波咲と申したな。望みをかなえて進ぜよう。遠慮無く、何でも申せ」

「恐れながら、まだ勝負は終わっておりませぬ」

「ん」

斉邦は、咄嗟《とっさ》に重臣たちをみた。

荒神が腰を屈《かが》めて進み、斉邦の面前で平伏《ひれふ》す。

「殿、その者の申すとおりにござります。望みをかなえたいのであれば、剣術指南役との勝負に勝たねばなりませぬ」

「おう、そうであった。主膳よ、指南役はいずこにおる。至急、呼びつけよ」

荒神は不敵に笑い、庭の端に目をやった。

「さきほどより、あれに控えておりまする」

一同が注目するさきに、牛のような体軀《たいく》の男が蹲《うずくま》っていた。

「主膳よ、あの者が指南役か」

「いかにも。このたび、若君の御手直し役を拝命させることとあいなりました。拝郷一馬にござりまする」

拝郷一馬。

その名を記憶に刻みこみ、咲は眦《まなじり》を吊《つ》りあげる。

縄手高輪の桟橋で対峙した人物にまちがいない。

菅笠《すげがさ》に隠されていた容貌《ようぼう》も、想像したとおりの醜悪さだ。

咲は迫《せ》りあがる興奮を抑えつつ、上座に向かって言上する。

「恐れながら、真剣での勝負を挑みたく、お願い申しあげまする」

「何じゃと」

斉邦は怯んだ。

血をみるのが嫌いなのだ。

行司役がすかさず、厳しい口調でたしなめた。

「庭を血で穢《けが》すことは許さぬ。木刀の寸止めにて勝負いたせ」

口惜しがる咲のすがたを眺め、斉邦はつけくわえた。

「何か因縁があるようじゃな。されど、聞くまい。この勝負に勝てば、おぬしの望みは何でも叶《かな》えて進ぜよう。わしが去ったあと、負けた相手を真剣で斬るもよし、切腹させるもよし。何なりと好きにするがよい」

「は、ありがたき仰せにござります」

「ただし、おぬしが負けたら、指南役のことばにしたがわねばならぬ。場合によっては命を落とすことになろうが、それでもかまわぬのか」

「もとより、覚悟はできておりまする」

死を賭《と》した咲の面構えに、斉邦は心を動かされたようだった。

「よし。されば、存分に闘うがよい」

「は」

咲は襟を正し、深々と頭を垂れた。

八

咲は裸足《はだし》のまま、ひらりと庭へ舞いおりた。

「ふん、小娘が」

拝郷は、右手に握った木刀をだらりとさげる。

鞘《さや》の内にある本身でなければ、必殺技の「立」は使えまい。

だが、咲はおのれが優位に立っているとはおもわなかった。

木刀での勝負は、腕力のあるほうに分がある。

そもそも、技のキレで闘う女剣士には不利だ。

「ぬへへ、勝負はついたも同然よ」

拝郷は五体から殺気を放ち、高々と蜻蛉の構えをとった。

「示現流に二ノ太刀はない」

勝負は一瞬で決すると、ふたりは確信している。

「望むところ。へやっ」

両者同時に、玉砂利を蹴った。

――ぶん。

拝郷の木刀が唸る。

咲の木刀も風を切った。

つぎの瞬間、ときが止まった。

「うっ」

左肩に強烈な痛みを感じる。

骨を砕かれたにちがいない。

だが、的をとらえた感触もあった。

ふたりは木刀で相手をとらえたまま、彫像のように動かない。

「うおお」

上覧席から、どよめきが起こった。

双方とも寸止めの禁を破り、相手に痛打を浴びせている。

咲の木刀は相手の眉間を割り、拝郷の木刀は左肩を砕いていた。

一見すると両者痛みわけにおもわれたが、裂けた眉間から血を流す拝郷の顔からは大量の汗が噴きだしている。

侮った。

踏みこみが甘く、太刀行も遅い。

真剣ならば、確実に負けている。

面を斬られたと、拝郷は悟ったのだ。

と同時に、腹の底から恐怖が襲ってきた。

生かされた屈辱よりも、死への恐怖が勝り、膝《ひざ》の震えを止められない。

「もはや、おぬしは死に体」

咲はつぶやき、すっと身を離す。

舞台のうえから、荒神主膳の歯軋《はぎし》りが聞こえてきた。

「ぬぬう……赤っ恥をさらしおって、この不束者《ふつつかもの》めが」

拝郷は背を丸め、その場にかしこまった。

斉邦は無邪気に手を叩き、咲を賞賛する。

「ふはは、愉快じゃ。あのおなご、指南役をも負かしたぞ」

舞台のざわめきもおさまったところへ、足を引きずった老臣がひとりあらわれた。

斉邦は脇息にもたれ、気楽に声を掛ける。

「おう、爺《じい》ではないか」

「は、陸奥守さまにおかれましては、ご機嫌麗しゅう」

「堅苦しい挨拶《あいさつ》は抜きにせよ。からだの調子はどうじゃ。爺が卒中で倒れたと聞いて、心中穏やかならざるものがあったぞ」

「ありがたきおことばにござります。このとおり、どうにか歩くことができるまでに快復いたしました」

「重畳じゃ。いつでも気軽に出仕し、わしの伽《とぎ》をつとめよ」

「いいえ。拙者はすでに守り役を離れた身、しゃしゃり出る幕などありませぬが、本日ばかりはどうしても看過ならざる事態が生じましたゆえ、ご無礼も顧みずに参上いたしました」

「何じゃ、あらたまって」

「はは、わが藩の存廃にも関わる一大事にござりまする」

老臣は濡れ縁に退いて正座するや、裃《かみしも》をするっと脱いだ。

「うおっ」

居並ぶ重臣たちが、驚きの声をあげる。

白装束なのだ。

もはや、言うまでもない。

老臣の名は奥井惣右衛門、惣次の父親であった。

惣次は慎十郎ともども病床の父を見舞い、自分たちで調べた悪事のからくりを語ってきかせた。父親の惣右衛門は事の次第を呑みこむや、蒲団《ふとん》を蹴って起きあがり、白装束を纏《まと》って裃と袴を着け、動かぬ足を引きずって登城してきた。電光石火のごとき決断の早さには、慎十郎や惣次も感服するしかなかった。

斉邦は顔を曇らせ、溜息《ためいき》を吐く。

「惣右衛門、いかがした」

「されば、まずはこれを」

差しだされた帳簿は、蝦夷屋の所持していたものにほかならない。

重臣たちの同意も得、小姓の手を介して斉邦のもとへもたらされた。

「それは、抜け荷の動かぬ証拠にござります」

惣右衛門は、御用商人の蝦夷屋が中心になってご禁制の干し鮑が清国《しん》に売られ、悪党どもが膨大な利益をあげているからくりを滔々《とうとう》と語った。

「信じられぬ」

斉邦は頭の整理がつかず、じっと考えこんでいる。

惣右衛門は両手をつき、くいっと顎を引きあげた。

「殿、蝦夷屋は走狗《そうく》にすぎませぬ。ここに集った御歴々のなかに、獅子《しし》身中《しんちゅう》の虫《むし》がおりまする」

「何じゃと」

驚愕する藩主のまえで、惣右衛門は敢然と指をさした。

「おぬしじゃ」

さされた相手、荒神主膳は胸を反らして嗤《わら》いあげる。

「ぬははは、老い耄《ぼ》れめ。血迷うたか。さような帳簿ひとつで、この荒神を葬ることができようか」

「黙らっしゃい」

「いいや、黙らぬ。わしはな、私利私欲のために動いておるのではないぞ。抜け荷とて藩財政を支え、富ませるための手管にすぎぬ。薩摩の例をみよ。国家老の調所笑左衛門が先頭を切って抜け荷を奨励し、膨大な富を貯《たくわ》えておる。薩摩にできて、仙台にできぬ道理はない。よろしいか、各々方、これはいざというときの備えなのじゃ。この仙台藩をな、徳川に拮抗《きっこう》し得る一大勢力にすべく、わしはさまざまな手を打っておる。それがわからぬ御歴々ではあるまい」

睨まれた重臣のなかには、顔を背ける者もあった。

荒神の口車に乗せられ、金品で抱きこまれた連中もいるのだ。

「斉邦さま、ようくお考えくだされ。無策で安穏としておったら、杜の都はこの世から消えてなくなりますぞ。どうか、この荒神主膳をお信じいただき、藩政の舵取《かじと》りをお任せ願えませぬか」

斉邦をはじめ、誰ひとりとして抗おうとする者はいない。

まるで、陰陽師の呪術《じゅじゅつ》にでもとりこまれたかのようだ。

ただひとり、白装束の惣右衛門だけは騙されなかった。

「荒神よ、詭弁《きべん》を弄《ろう》するでない。おぬしは騙りじゃ。奇術まがいの策を用いて一国を盗もうと企む盗人《ぬすっと》にすぎぬ。縛につけ。これ以上、おぬしを野放しにしておったら、わが藩の威信は地に堕ちよう」

「黙れ。棺桶《かんおけ》に片足突っこんだ隠居が、何をほざいておる。邪魔だていたすと、この場で斬ってすてるぞ」

荒神は片膝立ちになり、脇差《わきざし》の柄《つか》を摑んだ。

すでに、正気ではない。

我に返った小姓たちが集まり、斉邦の楯《たて》になった。

と、そのとき。

裏木戸が音もなく開き、人影がふたつあらわれた。

「荒神主膳、おぬしの罪状は明白だ」

凛然《りんぜん》と発したのは、惣次にほかならない。

縄で引かれてきたのは、国目付の佐々木十内であった。

「荒神よ、国目付がすべて吐いたぞ。おのれの命と引きかえにな。無論、塩竈沖の島に行けば、ご禁制の干し鮑が無数に吊されておる。蝦夷屋とその手下も、ついでに吊しておいたわ。おぬしが私利私欲で動いておるのは明々白々、埒《らち》もない戯言を並べて謀《たばか》ろうとしても無駄だ」

萎《しお》れた国目付のすがたは、斉邦や重臣たちを目覚めさせるのに役立った。

荒神は進退窮まり、脇差を抜きはなつ。

「ぬう、おのれ、惣右衛門」

縺《もつ》れる足を濡れ縁に運び、片手を頭上に振りあげた。

「死ねい」

鉈《なた》斬りに斬りつける。

惣右衛門は座したまま、磐《いわ》のごとく動かない。

「父上」

惣次が叫んだ。

刹那、老臣はすっと右の拳を突きだす。

「ぬぐっ」

拳は鳩尾に埋めこまれ、荒神は白刃を掲げたまま白目を剝いた。

九

庭の隅には、拝郷一馬が悄然《しょうぜん》と佇《たたず》んでいる。

ぱっくり裂けた額からは、血が流れつづけていた。

「ぬふふ、もはや、これまで」

腰にはいつのまにか、薩摩拵《さつまこしら》えの刀を差している。

対峙する咲に向かって、憎々しげに言いはなった。

「死なばもろともじゃ。おぬしだけは生かしておけぬ」

咲は玉砂利を踏みしめ、徒手にて身構えた。

腰に大小はなく、左肩の感覚も失っている。

それでも、気力が萎《な》えることはない。

「ひとつ、はっきりとさせておきたい」

「何じゃ」

「九年前、丹波兵庫之介を斬ったのは、おぬしか」

「むふふ、今さら何を抜かす」

「こたえよ。おぬしが敵でなければ、逃がしてやってもよい」

「何を莫迦な。わしが敵でないと申すのか」

「さよう。おぬしのような小さき者に、わたしの父が斬られるはずはない」

「されば、教えてやろう。わしも公儀の間諜として、薩摩の不正を調べておった。すなわち、おぬしの父とは味方同士であった。されど、それは最初のうちだけだ。わしは公儀を裏切り、薩摩の密偵になった。金に転んだのさ」

「何だと」

「おっと、はなしは終わりまで聞け。示現流の手ほどきをしてくれたのは、おぬしの父なのだ。薩摩の領内へ潜るにあたって、示現流を修得することは必須《ひっす》であった。なかでも居合技の立は、おぬしの父が得意とするところでな。『気を殺し、意表を突け』と、極意を教えてくれた。教わったとおり、わしはその技を実践したのさ。ふふ、不忍の無縁坂でな」

　咲は、ことばを発することができない。

　名状しがたい怒りのせいで、からだの震えを止めることができなかった。

「九年も経《た》って、父と同じ運命《さだめ》をたどるとはな。まさに、因果はめぐる糸車よ。ふふ、覚悟はよいか。まいるぞ」

　拝郷は気合いを入れ、ぐっと腰を落とす。

　そのとき、ふわりと、裏木戸がまた開いた。

　大きな人影がひとつ、のっそりあらわれる。

「あっ」

　咲は声を失った。

「へへ、お待ちどおさま」

　慎十郎が戯《おど》けた調子で笑っている。

　夢ではあるまいか。

　咲はおもわず、目を擦《こす》った。

「夢ではないぞ。毬谷慎十郎、推参つかまつった」

　腰には自慢の宝刀、藤四郎吉光を差している。

「……ど、どうして、ここに」

「てへへ、それはな、咲どのを追ってきたのだ」

ふたりはしばし、みつめあった。

だが、邂逅の余韻に浸っているときではない。

斉邦はじめ一同は、尋常ならざる庭の様子に刮目《かつもく》している。

慎十郎は堂々と胸を張り、拝郷と咲のあいだに割ってはいった。

「咲どの、ここはひとつお任せ願おうか」

「え」

「連戦の疲れもあろうし、左手が痺《しび》れておるようだからな。少し休んだほうがよい」

「何を申すか」

激昂する咲を、大きな掌で制する。

「まあ、わしに任せろ」

「うるさい」

「なっ」

「助太刀は無用じゃ」

咲の気迫に呑まれ、慎十郎はつっと身を引いた。

「おぬしら、いい加減にせいよ」

焦《じ》らされた拝郷は、ぺっと痰《たん》を吐く。

「ちぇーい」

猿叫が空気を裂いた。

すかさず、慎十郎は吉光の鯉口《こいぐち》を切る。

まさしく、阿吽《あうん》の呼吸とはこのことだ。

「慎十郎さま、ごめん」

咲は前傾になって駆けつつ、慎十郎の鞘から素早く宝刀を抜いた。

拝郷が迫る。

電光石火、白刃を抜きはなつ。

立だ。

ずりっと、わずかに爪先が流れた。

「ぬりゃ……っ」

どちらからともなく気合いが弾《はじ》け、ふたつの影がすれちがう。

咲と拝郷、ふたりの足が止まった。

「ぬふふ……」

拝郷が笑った。

「……おぬしら、これで終わりとおもうなよ」

発したそばから、血のかたまりを吐きだす。

拝郷は棒のように倒れ、玉砂利に顔を埋《うず》めた。

「咲どの、ようやった」

片手斬りの見事な抜き胴であった。

踏ん張りの利かない玉砂利であった点も効を奏した。

「ようやった」

慎十郎は、涙目で何度もうなずく。

咲は嬉しかった。

挫《くじ》けそうな心を支えたのは、父の無念を晴らしたいという一念だった。

いくら厳しい剣の修行を重ねた身とて、十六の娘が受けた重圧は尋常なものではなかった。

よくぞここまでがんばったなと、信頼を寄せる相手に心から賞賛してほしかった。

その願いが、かなったのだ。

慎十郎は、目のまえにいる。

見事に本懐を遂げたこの仙台の地で、自分のことのように喜んでくれているのだ。

これが夢ならば、醒《さ》めずにいてほしい。

大広間のうえでは、斉邦が高く掲げた扇子を揺らしている。

「あっぱれじゃ、あっぱれじゃ」

六十二万石の殿様が発することばも、慎十郎の微笑《ほほえ》みのまえでは薄っぺらなものに感じられた。

もはや、何も望みはない。

強いていえば、一徹の喜ぶ顔が早くみたかった。

それにしても、気に掛かるのは、拝郷がいまわに吐いた台詞だ。

——おぬしら、これで終わりとおもうなよ。

同じ台詞を耳にしたはずなのに、慎十郎は何ひとつ気にしていない。

「咲どの、殿様に頼んでみてはもらえぬか。江戸行きの千石船を一隻用意していただきたいとな。ぬははは」

慎十郎は豪快に嗤い、嗤いすぎて顎を外してしまう。

あいかわらず、締まらない男だ。

咲は苦笑しつつも、慎十郎の胸に飛びこみたい衝動に駆られた。

十

数日後。

江戸府内。番町御廏谷上《ばんちょうおうまやだに》、堀田摂津守《ほったせっつのかみ》上屋敷。

若年寄の堀田摂津守正衡《まさひら》は、めずらしい貝殻を愛《め》でていた。

さまざまな色や形の巻き貝や二枚貝が畳に所狭しと並べられ、正衡はそのひとつひとつを丁寧に模写し、帳面にその名称や採集地はもちろんのこと、特徴や生態なども克明に綴っている。

正衡の几帳面《きちょうめん》な収集癖は、六年前に逝去した父正敦《まさあつ》の性分を受けついだものだ。

正敦も若年寄として、当時の老中首座であった松平定信《さだのぶ》を助け、寛政の改革を推進した。

だが、一方では鳥の研究にのめりこみ、政事《まつりごと》とは無縁の『観文禽譜《かんぶんきんぷ》』なる鳥類図鑑を著した。わざわざ、丹頂鶴を観察すべく蝦夷地まで足を運んだり、蘭学者を通じて露国に棲息《せいそく》する「エトピリカ」なる海鳥を紹介したりもしている。

こうした嗜好《しこう》が野放しにされたのは、正敦が下野佐野《しもつけさの》藩の初代藩主だったからではない。なにしろ、同藩は一万六千石の小藩にすぎず、若年寄に抜擢《ばってき》されたのも、正敦本人の力量が買われたからではなかった。

すべては出自による。正敦は仙台藩の第六代藩主伊達宗村の八男であった。下野の小藩へ養子に出されたにもかかわらず、伊達家との縁はつづき、現藩主斉邦の後見役も務めた。

強烈な異彩を放った父の収集癖を、佐野藩第二代藩主の正衡は濃厚に受けついでいる。鳥が貝殻に変わっただけのはなしだ。無論、正衡にも伊達家の血は脈々と流れており、仙台藩の後ろ盾で若年寄の地位を摑《つか》んだのは周知の事実であった。

困ったものよ。

下座にかしこまった男が、わざとらしく溜息を吐いてみせる。

四十四にもなって、おなごのように貝殻ばかり愛でておるとはな。

さすがに、口に出しては言えない。正衡を内心では小莫迦にしながらも、一方ではどうやって操ろうかと考えている。

男の名は池永修理、このほど火盗改《かとうあらため》を兼ねた先手組の頭取から、四十手前の若さで本丸目付への昇進を果たした野心家にほかならない。

若くして中堅旗本の養子となり、禄高《ろくだか》九百石を相続して小普請組にはいった。書院番、進物番、西ノ丸小十人頭と順当に出世を果たし、念願の布衣着用を許され、三年前からは病死した養父の跡を継いで先手鉄砲《てつぽう》頭となり、斬り捨て御免の免状を与えられた火盗改の頭取もつとめた。手荒なやり方で数々の手柄をあげ、このたび、晴れて本丸目付の座を射止めたのだ。

西ノ丸目付を一足飛びに飛ばした異例の出世だったが、池永の昇進を各所に強くはたらきかけたのが、若年寄の正衡にほかならなかった。

このまま順調に出世を果たせば、普請奉行や作事奉行を経て大目付に昇進するのも夢ではない。いや、それどころか、万石の加増を受けて大名に昇進し、江戸町奉行や寺社奉行になるのも夢ではなかろう。

池永は果てしなく膨らむ野心を抱え、正衡の面前にかしこまっている。

懸念すべき重大事のせいで、めずらしく正衡に呼びつけられたのだ。

「修理よ、こたびは実家がたいへんな目に遭ったそうじゃが」

「お聞きおよびでしたか」

「そちの実父、荒神主膳は一昨日の晩に身罷《みまか》ったと聞いた。公儀への届け出は病死とされておるが、まことは腹を切ったとか」

「そのようですな」

「なにゆえ、腹を切ったのじゃ」

「はて、存じあげませぬ。拙者は幼くして池永家へ養子に出された身、荒神家とは縁無きものと心得ております」

「いっさい、関わりはないと申すのか」

「はい」

「されば、わしとそちを結びつけるものは何じゃ」

鋭い語気で問われても、池永は惚《とぼ》けてみせる。

「はて、何でござりましょう」

「伊達家ではないのか」

「ちがいますな」

「されば、何じゃ」

「敢《あ》えて申せば、利《り》にござりましょうか」

「利」

「はい」

正衡を出世させるために、途方もない金をばらまいてきた。公方《くぼう》の側近を連日のように接待もしたし、老中をはじめとする重臣たちの役宅にも日参した。隠居しても権力を手放さぬ大御所家斉への口添えを依頼すべく、取りまきの近習から小坊主にいたるまで手懐けている。

「それもこれも、本丸老中の座を射止めるためにござります。殿に幕政の舵を握っていただくことこそ、拙者の夢なのです」

「わしが出世を果たせば、そちもおのずと出世いたそう。とどのつまりは、おのれのため。そうではないのか」

「いったい、何が仰りたいのです」

「修理。この巻き貝をみよ。美しいであろう」

翳《かざ》された銀色の小さな貝殻に、修理は目を細めた。

「夜空に瞬く星のようですな」

「さよう、これは北辰《ほくしん》の星じゃ。ノヴィスパニアという遠い異国の砂浜で拾われたものじゃ」

「ノヴィスパニアでござるか」

外海を何十日も掛かって航海し、ようやくたどりつくことのできる地だと、誰かに聞いたことがある。

「わしはな、この巻き貝を父から譲りうけた。政宗公の御代から伊達家に代々伝えられる家宝のひとつでな、かの支倉常長《はせくらつねなが》が政宗公への土産に携えてきたものじゃ」

海外との交易をはかろうとした政宗の命を帯び、支倉常長は遣欧使節の大使として長い航海におよび、スペイン国王のフェリペ三世に拝謁した。航海の途上で中米大陸のスペイン領ノヴィスパニア（メキシコ）にも立ちよったのだ。

「幼いわしは、この巻き貝に魅せられてしまった。爾来《じらい》、貝殻を集めるのが何よりも楽しくなった。わしの生き甲斐じゃ。わかるか、修理よ。伊達家との関わりは粗略にできまいぞ」

そんなことは、わかりきったことだ。

実父の荒神主膳とは阿漕《あこぎ》な父と子同士、緊密な関わりを保ってきた。寄場奉行の坂巻左近兵衛や白子屋京助を誑《たら》しこんで「島物」を横流しさせたのも、自分が考えて実父に提案したことだ。悪知恵のはたらく実父はさっそく抜け荷のからくりを企て、まんまと大金を稼いでみせた。

池永修理にとって、荒神主膳は打ち出の小槌《こづち》ともいうべきものだった。荒神も池永が出世することで、巨利を得ようと画策していた。父と子は血ではなく、まさしく、利によって緊密に繋がっていたのだ。

しかし、実父が罰せられた以上、公儀に伊達家との因縁を気取られたくはない。

それが池永の正直な心情だったし、苦境を乗りきれるだけの自信と貯えもあった。

正衡は言う。

「おぬしが実家と通じていたことは知っておる。無論、どうやって金を捻りだしていたのかは知らぬ。されどな、まんがいち、阿漕な手を使って金儲けに走っていたのだとしたら、わしはそちと縁を切らねばならぬ」

正衡の態度は、いつもとちがってよそよそしい。

池永はいらついた。

いったい、誰のおかげで今があるとおもっているのだ。

正衡は、次期老中のもっとも有力な候補と目されていた。

西ノ丸を飛ばして本丸老中に抜擢《ばってき》してもよいとの声もある。

ただひとつ、外様という点だけが障壁となっていた。

本丸老中は、譜代で固めることが慣例となっている。

唯一の例外は、脇坂中務大輔安董であった。

古希を過ぎても、権力の座に留まっている。

池永にしてみれば、邪魔な存在でしかない。

気長に死ぬのを待ってなどいられぬ。いっそ、安董を亡き者にしてくれようかと、そこまで考えているのだ。

にもかかわらず、貝殻を愛でる殿様は自分と縁を切りたがっている。

君子危うきに近寄らずか。

ふん、危ういものに近づかない嗅覚《きゆうかく》だけは長《た》けているらしい。

「のう、修理よ。本丸目付にも昇進できたことだし、しばらくは静かにしておれ。待てば海路の日和ありと申すでないか。そのうちにまた、運もめぐってこよう」

生き馬の目を抜くような出世争いのなかで、悠長に構えてなどいられようか。

池永は内心の憤りを抑え、涼しい顔を装った。

「承知いたしました。殿のご心配もようわかります」

「わかってくれたか」

「はい。されど、ひとつだけおぼえておいてくだされ。拙者が潰れるときは、殿も道連れにいたします。そのことだけは、どうかお忘れなく」

「何と」

正衡は、ごくっと空唾を呑みこんだ。

血の気を失った唇《くち》もとが、小刻みに震えはじめる。

池永修理は、内心でほくそ笑んだ。

ふん、せいぜい、恐がるがいいさ。

「されば、殿。これにて失礼つかまつる」

池永は傲岸不遜《ごうがんふそん》に言いはなち、貝殻で埋まった部屋を逃れた。

さて、面倒事の後始末をしておかねばならぬ。

身辺をきれいにしておかねば、いつ何時足をすくわれるともかぎらない。

なにしろ、あの拝郷一馬も殺《や》られたのだ。

あれだけの手練れは、そうはおらぬ。

「侮れぬやつらよ」

池永修理は苦々しげに吐きすて、長い廊下を渡っていった。

十一

品川洲崎《すざき》。

祭囃子《まつりばやし》が聞こえる。

慎十郎は菰の重三郎に誘われ、品川洲崎まで施餓鬼《せがき》の神輿《みこし》洗いを見物に来た。

褌《ふんどし》一丁の漁師たちが神輿を担ぎ、波打ち際で揉《も》みながら海にずんずんはいっていく。神輿は浮かぶほど海水に浸され、泳ぐように波間を進み、品川の南宿で若い衆に手渡される。

神輿の渡御《とぎょ》はじつに雄壮で、慎十郎の血を湧きたたせた。

神輿を担ぐ若い衆のなかには、重三郎の乾分《こぶん》たちも混じっている。

肩や背中に刺青《いれずみ》を背負った勇ましい連中だった。

闇鴉の伊平次も、大団扇《うちわ》を振って若い衆を煽っている。

弁天のおりくも、胸に晒《さら》しを巻いた艶姿《あですがた》で声を張りあげていた。

慎十郎のかたわらには、黒髪を島田髷《しまだまげ》に結った娘が立っている。

頬を紅潮させて祭の喧噪《けんそう》を眺め、時折、慎十郎の横顔を盗み見る。

咲であった。

ふだんは見掛けぬ武家娘の扮装が愛らしい。

「この祭、惣次にもみせてやりたかったな」

慎十郎がつぶやくと、咲もうなずいた。

奥井惣次は父から勘当を解かれ、仙台に残った。

手柄を評価され、勘定方の組頭に復帰したのだ。

近い将来、藩の柱石となるにちがいない。

仙台の湊《みなと》からは、殿様が用意してくれた千石船に乗った。

栈橋には惣次を筆頭に大勢の藩士たちが見送りに訪れ、それは壮観な眺めであった。

江戸に戻ってからは、ふたたび、無縁坂の丹波道場へ寄宿する身となった。

一徹は咲が本懐を遂げたことを知り、仏壇のまえでさめざめと泣いた。

今にしておもえば、仙台での日々は、あってなきかのような出来事に感じられてならない。

そういえば、石動友之進とは彼の地でも会わなかったし、江戸に戻ってからもまだ再会していなかった。

ご禁制の干し鮑にからんだ不正は、荒神主膳とその一味による仕業と断じられ、公儀には報告もなされていない。国目付の佐々木十内は切腹したが、これも病死として片付けられ、さっそく新たな国目付が仙台へ赴任することとなった。

いっさいが不問にされた恰好《かっこう》だが、当然といえば当然のはなしだった。まがりなりにも藩の重臣が抜け荷に関わっていたことが発覚すれば、藩主斉邦も責めを負わされかねない。最悪の場合、藩ぐるみの不正を疑われ、仙台藩六十二万石の存廃が問われる事態にもなろう。

事の顚末《てんまつ》が友之進や豪右衛門を介して脇坂安董の耳に届けられたとしても、老獪《ろうかい》な安董は波風の立たぬように処理したであろう。
慎十郎にも、その程度のことは理解できる。
しかし、これで幕引きにする気はなかった。
拝郷一馬の台詞《せりふ》が、しっかり耳に残っている。
――おぬしら、これで終わりとおもうなよ。
荒神や拝郷のほかにも、成敗すべき悪党がいるのだ。
咲もどうやら、そのことを気にしているようだった。
本懐を遂げても心が晴れないのは、のうのうと生きながらえている悪党がいること
を承知しているからだ。
やがて、宿場の一角から怒声や罵声《ばせい》が聞こえてきた。
「喧嘩《けんか》だ、喧嘩だ」
騒がしい問屋場の近くをめざし、慎十郎も咲も駆けていく。
神輿を担ぐ若い衆が、荒くれどもにからまれているようだ。
闇鴉の伊平次が飛んできた。
「元締、喧嘩を吹っかけてきたな、白子屋の連中です」
「何だと」

ずいぶん久しぶりに聞く名だった。

驚いたことに、阿漕な商人の白子屋京助は、公儀から今も「島物」の仲買を任されているという。蝦蟇《がま》面の坂巻左近兵衛も、咎めを受けた様子はなかった。寄場奉行の役は解かれたが、小普請入りとなっただけで呑気《のんき》に過ごしている。

「まったく、世も末だよ」

と、弁天のおりくが嘆くとおりで、冥土に逝った平八にも合わせる顔がない。

公儀の手ぬるいやり口は許せないと、慎十郎は感じていた。

とどのつまり、目配りの届かぬ老中の安董にも責任はある。

いずれにしろ、白子屋と坂巻はどうにかしなければなるまい。

それは慎十郎ならずとも、仲間の誰もがおもっていることだった。

「難癖をつけてきたのは、白子屋の連中でやすよ」

肩がぶつかったとかどうとか、原因は瑣末《さまつ》なことのようだ。

「くそったれめ」

一度や二度のことではないだけに、重三郎は憤りを抑えきれない。

白子屋は危うい商売をやっているので、配下に荒くれどもを大勢抱えていた。

そうした連中が祭のたびにあらわれ、我が物顔にふるまっているのは、よく知られたはなしだ。ところが、誰も表立って事を構えようとしなかった。意趣返しが恐ろしいからではない。白子屋には町奉行所の与力や同心の後ろ盾があるからだ。

「町方の木っ端役人たちだけじゃねえ。斬り捨て御免の火盗改も味方につけていやがるのさ」

白子屋は多額の賄賂《わいろ》を握らせ、役人どもを取りこんでいた。

逆らえば、縄を打たれるどころか、命をも落としかねない。

そうした不安が、若い衆たちを萎縮《いしゅく》させる。

喧嘩になっても、どうしても旗色はわるかった。

野次馬たちが遠巻きにするなか、撲る蹴るの暴行を受けているのは、重三郎の乾分たちなのだ。

「神聖な祭をぶち壊しやがって、今日という今日は許せねえ」

重三郎は肩を怒らせ、揉め事のただなかに割ってはいる。

「元締」

乾分のひとりが叫んだ。

その背中を斬りつけようと、白子屋の手下が段平《だんびら》を抜く。

「待て」

後ろから嗄《しゃが》れ声が掛かった。

白子屋だ。

手下は段平を鞘に納め、すっと身を引く。

白子屋は肥えた腹を突きだし、ゆっくり正面へ進んできた。

しんと、周囲は静まりかえる。

「ほほう、菰の元締かい。大物のご登場じゃねえか」

「白子屋、てめえ、おれの乾分だとわかって喧嘩を吹っかけやがったな」

「そうさ。あんたが目障りでしょうがねえ。裏でこそこそ動いて、商売の邪魔をしてんだろうが」

「おめえのやってることは商売なんかじゃねえ。島物をごっそり盗んで横流ししやがって」

「おっと、証拠もねえのに適当なことを言いふらすんじゃねえぜ」

凄《すご》んでみせる様子は、もはや、商人ではない。破落戸《ごろつき》の成りあがりだ。

「白子屋、てめえは札付きの法度破りだ。それでも捕まらねえのが、おれは不思議で仕方ねえのよ」

「何を偉そうに。法度破りはそっちの十八番《おはこ》だろうが」

「そうともさ。おれはお天道さまのしたを堂々と歩ける身じゃねえ。でもな、人の道を外れたことはねえぜ」

「ふん、どうだか。ともかく、あんたは目障りだ。隠居するか、おっ死《ち》ぬか、早《はえ》えとこどっちかに決めてくれ」

「何だと、この野郎」

激昂する重三郎のかたわらで、闇鴉の伊平次がさっと懐中に手を入れた。

「けへへ、やるってのか」

白子屋は肩を揺すり、せせら笑う。

「闇鴉め、てめえのような人殺しこそ、すぐにでもお縄にしなくちゃならねえな」

「虎の威を借る狐め。ご託を並べるのはそこまでだ」

匕首を抜いた伊平次は、重三郎に止められた。

「莫迦野郎、早まるんじゃねえ」

「でも、親父さん」

重三郎は伊平次を背に隠し、白子屋に向きなおる。

「おい、ひとつ教えてくれ。おめえはどうして、いつも大勢の他人《ひと》様《さま》のめえで揉め事を起こすんだ」

「楽しいからさ。それにな、おれたちの力をしらしめす好い機会だ。このお江戸で白子屋を小莫迦にしたら生きちゃいけねえ。そいつをよ、あんたの情けねえ乾分どもにも教えてやろうって親心さ」

ふたりの睨みあいを、慎十郎は黙然と眺めていた。

助っ人にはいれば、重三郎の顔を潰すことになるかもしれない。そうした懸念があったからだ。

白子屋は何をおもったか、大路の彼方に耳をかたむける。

「孤の重三郎、あんたは仕舞えだ。ぬへへ、おれさまに逆らったことを後悔させてやるぜ。ほうら、噂をすれば影だ」

影はみえないが、蹄《ひづめ》の音は聞こえていた。

忽然《こつぜん》と、慎十郎の記憶が呼びさまされる。

「この蹄の音」

以前にも聞いたことがあった。

「そうだ」

芝口で無宿人狩りに巻きこまれたとき、火盗改の頭取が見事な黒駒《くろこま》を繰って躍りこんできた。

「おおお」

宿場にどよめきが起こった。

あのときと同様、四肢の隆々とした黒駒が疾風《はやて》のように突っこんでくる。

「ひゃはは、真打ちのご登場だぜ。てめえら、頭が高《たけ》えぞ。馬上のお方をどなたと心得る。このたび御公儀御目付にご昇進なされた池永修理さまよ」

白子屋は嬉しそうにはしゃぎながら、馬のほうへ近づいていく。

野次馬たちは難を避けて道端に避《よ》け、神輿も棒鼻に遠ざけられた。

——ひひいん。

白子屋が駆けよると、馬が竿立《さおだ》ちになった。

陣笠《じんがさ》をかぶった池永は、ぐいっと手綱を引きしぼる。

「池永さま、ご苦労さまにござります」

「おう、白子屋か。こんなところで何をしておる」

「でへへ、ちと市中の芥《ごみ》掃除をしておりやした」

「芥掃除とな。今日は祭ではないのか」

「へへ、さようで」

「祭の邪魔をする者には天罰が下るぞ」

「えっ」

黒駒は前脚をおろすや、白子屋に尻《しり》を向けた。

「あっ」

慎十郎たちが止める暇《いとま》もない。

馬の後ろ脚が勢いよく跳ねあがった。

「げひょっ」

馬に蹴られた白子屋のからだが、宙高く飛んでいく。

藁人形《わらにんぎょう》のように回転し、頭から地面に落ちた。

——ぐしゃっ。

嫌な音がする。

白子屋は、ぴくりとも動かない。

「愚か者め」

馬上の池永が吐きすてたのを、慎十郎は聞きのがさなかった。

池永修理はあきらかに、白子屋を葬る意図をもって馬に蹴らせたのだ。

慎十郎だけでなく、重三郎や咲の目にもそう映っていた。

「うわああ」

白子屋の屍骸を置き去りにして、手下どもは我先に逃げだす。

「……つ、つぎは、おれか」

菰の重三郎は身を固くした。

池永が手綱を繰り、ゆっくり近づいてくる。

慎十郎は楯となるべく飛びだし、馬上を睨みつけた。

「ん、おぬし、どこかでみた顔だな」

「芝口の無宿人狩り」

「おう、そうじゃ。その不敵な面構え、一度目にしたら忘れられぬ。おぬし、名は」

「まずは、自分から名乗ったらどうだ」

「ぬはは、こいつはまいった。わしは本丸目付の池永修理じゃ。火盗改の頭取を長らくつとめてまいった。じつは今も、そのころの癖が抜けぬ」

「癖とは」

「生意気な悪党をみるとな、つい、刀を抜きたくなるのよ。ふふ、うっかり近づくと、命を落とすぞ」

殺気が膨らんだ。

慎十郎は、腰を落として身構える。

「ほほう、少しはおぼえがあるようだな。よかろう、今日のところは祭に免じて無礼を許してやる。つぎに会ったときは容赦せぬぞ。ぬふふ、首を洗って待っておれ」

「何を」

身を乗りだそうとするや、咲に袖を引っぱられた。

「慎十郎さま、自重しなされ」

咲の言うとおりだ。

今は決着をつけるときではなかった。

なぜ、池永修理が子飼いともいうべき白子屋を葬ったのか、それを調べてからでも遅くはない。

「さらばじゃ」

池永は偉そうに言いおき、毛並みも艶《つや》やかな馬の首を返す。

そして、黒駒にわざわざ白子屋の屍骸をまたがせるや、ばしっと鞭《むち》をくれ、砂塵《さじん》とともに遠ざかっていった。

十二

翌日、丹波道場に使いがあり、慎十郎は芝口の龍野藩下屋敷内にある赤松家の別邸を訪れた。

――たん。

鹿威《ししおど》しの音で、我に返る。

客間からみえる箱庭には、山梔子《くちなし》の花が咲いていた。

少し黄ばんでいる花弁もある。夜になれば芳香を放ち、家人を楽しませるのだろう。ひょっとしたら、静乃はこの別邸に住んでいるのではあるまいか。ふと、芳香に誘われ、白昼夢を垣間見てしまう。山梔子の白い花弁が、屋根船から覗いた静乃の白い顔とかさなった。

音もなく襖がひらき、豪右衛門と友之進がはいってくる。

慎十郎は我に返り、慌てて居ずまいを正した。

豪右衛門は上座に尻を落とし、強面《こわもて》で無理に微笑んでみせる。

「待たせたな」

「いいえ」

「仙台はどうであった」

「はい、龍野と同じ匂いがいたしました」

「醬油臭かったとな」

「そうではなく、懐かしさをおぼえたという意味で」

「わかっておるわ。それにしても、おぬしは悪運の強い男よの。奥井惣次とか申す連れがおらなんだら、何ひとつ手柄をあげられなかったに相違ない。丹波咲は息災にしておるか」

「ええ」

「積年の恨みを晴らすことができ、さぞや、満足であろうな」

「御前、何を仰りたいのです」

「おぬしだけは、役目をまっとうしておらぬということさ」

豪右衛門はふっと黙り、かたわらに顎をしゃくる。

友之進はこれを受け、ぽつりと吐きすてた。

「元寄場奉行、坂巻左近兵衛が死んだ」

「えっ」

昨晩遅く、自邸のそばに倒れているのを、夜まわりの番太郎がみつけたという。

「袈裟掛けの一刀、殺しだ」

「下手人の目星は」

「わからぬ。ただ、検屍《けんし》をしたのは町奉行所の役人でも火盗改でもなく、御目付の配下だった」

「御目付」

詳しい調べも無しに、辻強盗《つじごうとう》の仕業と断定された。

「妙であろう。しかもな、御目付の名は池永修理という」

「何だって」

「知らぬ名ではあるまい。昨日、品川宿で白子屋京助が馬に蹴られて死んだ。その馬を繰っていたのが池永修理だ。おぬし、その場におったのであろう。わしの配下が、たまさか見掛けてな」

「たまさかではなく、見張らせておったのであろうが」

「尖《とんが》るな。おぬしの所在を把握しておくためだ。で、白子屋が馬に蹴られたところをみたのか」

「ああ、みた。あれは殺しだ。わざと、馬をけしかけたのさ」

「やはり、そうであったか」

「友之進、どういうことだ」

「蜥蜴《とかげ》の尻尾《しっぽ》切りよ」

友之進は言いすて、はなしをつづけてよいかどうかの伺いを立てた。

豪右衛門は入れ歯の嵌《はま》った口をもごつかせ、しかつめらしくうなずいてみせる。

「池永修理は火盗改頭取のころより、島物の横流しに深く関わってきた。いや、おそらく、寄場奉行や白子屋たちに不正をやらせていた張本人であろう。尻尾を摑ませぬために、証人となるふたりを葬ったのだ」

信じがたいはなしだが、慎十郎も直《じか》に殺しをみているだけに納得するしかない。

「友之進、池永修理とはいったい、何者なのだ」

「池永家は家禄《かろく》九百石の中堅旗本にすぎぬ。されど、他界した先代は幕臣でも五指にはいる直心影流の使い手だったらしくてな、薩摩藩の剣術指南役に迎えられたこともあったと聞いた」

「薩摩藩に」

慎十郎の眸子が、きらっと光る。

「さよう、藩を監視するために送りこまれる出入旗本のようなものだ。盆暮れの付け届けからはじまって、おそらく、実入りは多かったであろう。今となっては調べようもないが、薩摩藩の抜け荷に関与していた疑いもある」

十年前、丹波兵庫之介が無縁坂で斬殺されたとき、火盗改頭取として検屍をおこなったのが、池永修理の養父であった。

修理は幕臣として順当に出世を果たし、病死した養父の跡を継いで先手鉄砲頭となった。加役の火盗改頭取として数々の手柄をあげ、このたび、晴れて本丸目付の座を射止めたのだ。

「異例の出世だ。このたびの昇進を強く推した方がおられる」

友之進が口にするのを憚《はばか》ったので、豪右衛門がはなしを引きとった。

「若年寄、堀田摂津守正衡さまじゃ。お国の下野佐野藩は一万六千石の小藩にすぎぬ。されど、ご先代の正敦さまは仙台藩第六代藩主伊達宗村さまの八男であらせられた。すなわち、正衡さまは伊達家の血を継いでおられるのよ」

「つまり、伊達家と縁の深い殿様の推輓《すいばん》によって、池永修理は一足飛びに出世を果たしたと、かようなわけですか」

「そうじゃ。されどな、驚くのはまだ早いぞ。池永修理は幼くして養子に出された身、友之進が苦労して調べたところ、実父の名がわかった。荒神主膳じゃ」

「げっ」

「ふふ、驚いたであろう。悪党父子は、ちゃんと裏で繋がっておったのさ」

「なるほど、そういうことでしたか」

養父は薩摩の抜け荷に加担し、実父は仙台で法度破りの首謀者となった。ふたりから悪人の資質を継いだ息子は思惑どおりに出世を果たし、幕閣のなかで重き役目に就こうとしている。

「危うい。いかにも、危ういはなしではないか」

豪右衛門は、重々しく溜息を吐く。

そこまで調べがついているのなら、公の場に引きずりだして罪状をあきらかにさせ、腹でも切らせればよいではないか。

「そうもいかぬ。なにせ、堀田摂津守さまが控えておられる。摂津守の背後には、実質百万石の伊達家がどんと構えておるのだからな。何年も掛かって動かぬ証拠を揃えぬかぎり、縄を打つことはできぬ。されど、悠長なことも言っておられぬ。うかうかしておったら、池永修理の天下にならぬともかぎらぬからの。それゆえ、おぬしを呼んだのじゃ」

わかっている。池永修理を闇討ちにせよとの命なのだ。

「容易にはいかぬぞ。修理も直心影流の手練《てだ》れ、その力量は養父をもしのぎ、一部では『泥牛《どろうし》』の異名で呼ばれておるとか」

——泥牛鉄山《てつざん》を破る。

とは、直心影流の伝書にある教えだ。

どれほど強い相手なのか、是非とも刀を合わせてみたい。

ただし、慎十郎は何によらず、誰かに命じられてやることが好きではなかった。

豪右衛門も、そのあたりは鋭く見抜いている。

襟を正し、疳高い声を張りあげた。

「殿は仰せになった。『慎十郎よ、正義のために死んでくれ』とな」

「正義のために……死んでくれ」

「池永修理に立ちむかうには、死ぬる覚悟がいる。殿はな、その覚悟をお説きになったのじゃ。『冷徹な怒りを燃やし、恐怖に打ち克《か》て。みずからを天に瞬く星屑《ほしくず》のひとつとおもうがいい。芥子粒《けしつぶ》のごときつまらぬものだとおもえば、自然と肩の力も抜けよう』と、殿は仰せになった。それほどまでに、おぬしのことをおもわれているのだ。それがどれだけ幸せなことか、おぬしにはわかるまい」

豪右衛門は喋りながら、感極まってしまう。

友之進も眸子を赤くさせ、拳を握っていた。

さすがの慎十郎も、ありがたい気持ちにさせられた。

豪右衛門は洟水《はなみず》を啜《すす》り、喋りつづける。

「おぬしに以前、父慎兵衛から託された文をみせたことがあったな。文に綴られていたことば、おぼえておるか」

忘れるわけがない。

骨のように細くて節くれだった筆跡で「捨身《しゃしん》」と書かれていた。

「あのときも伝えたはずじゃ。捨身とは、他人のために身を捨てる崇高な覚悟のほどを説いた仏の教えじゃとな。おぬしの父は、一命を賭しても守るべき者をみつけよと説いたのじゃ。親の心を知るがよい」

侍は、おのれを知る者のために死すという。

侍にとっては、死にざまこそが生きざまなのだ。

慎十郎には、惜しむ命も無ければ、惜しむ名も無い。

龍野藩の藩籍を抜かれた身ではあるが、藩主安董のために命を捨ててもよいと考えはじめていた。

十三

千代田城、表向。

大目付の平子因幡守が持病を悪化させて重篤になったと聞き、安董は暗い気持ちにさせられた。

隠密として死んでいった甥の無念が晴らされたと知り、安堵《あんど》したのかもしれない。だとすれば、罪なことを伝えてしまったものだ。

安董は老いた重臣の快復を願いつつ、若年寄たちの拠《よ》る御用部屋へ足を向けた。八つ刻《どき》（午後二時）、老中の御用部屋での用事を済ませ、下部屋へ戻る「退出」の途中である。

奥土圭之間から新番所前廊下を経て土圭之間次へ進み、さらに、中之間にいたったところで、ふと、足を止めた。

若年寄たちが横一列に正座し、作法に則《のっと》って平伏《ひれふ》している。

いつもなら、軽く黙礼をして通りすぎるところだが、今日ばかりはちがっていた。

安董は身に纏った長裃の衣擦れの音をさせながら、左端にかしこまる堀田摂津守正衡の面前に近づいていく。

「正衡どの、お顔をあげなされ」

官名ではなく、親しげに名を呼んだ。

公の城内ではきわめてめずらしいことなので、ほかの若年寄たちは伏せながら耳をそばだてている。

正衡は畳に両手をついたまま、蒼白《そうはく》の顔を持ちあげた。

安董は腰を屈め、上からじっと睨みつける。

「正衡どのは、貝殻を集めておられたな」

「は、はい」

「されば、この貝殻にみおぼえはござらぬか」

掌をひらいてみせると、正衡はごくっと空唾を呑む。

「……そ、それは」

「さよう。ノヴィスパニアとか申す遠い異国の砂浜で拾われた貝殻じゃ」

「……い、いったい、どちらでそれを」

「麻布の仙台坂じゃ」

「げっ」

「うろたえるでない」

仙台坂で斬られた隠密の襟口に縫いつけてあったものだと、安董は聞きとれぬほど小さな声で教えてやる。

「それがのう、まわりまわって、わしの手にもたらされた。どうしてか、正衡どのにはその理由がおわかりか」

「……い、いえ、いっこうに」

「わからぬか。さもあろう」

安董は、にやりと笑った。だが、目だけは笑っておらず、厳しい口調でつづける。

「よいか。何があっても、わからぬで通せ。けっして誰かの甘言に乗ってはならぬぞ。高望みもしてはならぬ。正衡どの、おぬしはな、このように美しい貝殻を愛でておればよいのじゃ」

「へへえ」

平伏す正衡の顔をあげさせ、安董はその手に貝殻を握らせてやる。

「ほれ、これはおぬしのものだ。だいじにせいよ」

ほかの若年寄たちは、安董の意図をまったく理解できない。

禅問答のようなやりとりに感じたことだろう。

正衡にだけは、安董のやろうとしていることの察しがついた。

おそらく、池永修理に刺客が放たれたに相違ない。

わしは知らぬ。

修理のやったことは、何ひとつ知らぬ。

正衡は、胸の裡で必死に繰りかえした。

自分はただ、神輿に担がれただけだ。

まちがいなく、安董は悪事のからくりを把握している。

老中のひとりに疑いを掛けられた以上、もはや、出世は望めまい。

それでも、咎めを受けずに済むのなら、運がよかったと言わねばならなかった。貝殻とともに真相の究明を託されたのが脇坂安董であったことを、神仏に感謝しなくてはなるまい。

安董は外様の苦労を知るだけに、事を穏便に運んでくれるはずだ。

まんがいち、貝殻が水野忠邦の手になぞ渡っていたならば、おそらく、今頃自分はここに座っておるまい。若年寄の役目を解かれ、腹を切らされていたかもしれず、佐野藩どころか、仙台藩さえも存続が危ぶまれていたことだろう。

それをおもうと、冷や汗が吹きだしてくる。

たいせつな貝殻を返されても、嬉しくも何ともなかった。

老中たちの「退出」がすべて終了し、ほかの若年寄がその場を離れても、堀田摂津守正衡だけは憔悴《しょうすい》しきった老人のような顔で、しばらくのあいだ畳に両手をついていた。

十四

南の風が吹いている。

盆東風《ぼんごち》のあとに吹く送南風《おくりまぜ》、賽《さい》の河原で風車をまわす風。風に流された霧雨は草木を濡らし、大地に染みこみ、夕暮れの暗さと人の世の儚《はかな》さをいっそうひきたてる。

池永修理の屋敷は、仙台坂をのぼったさきにあった。

本丸目付に昇進して初登城となったこの日、池永は金泥のほどこされた黒漆塗りの権門駕籠《けんもんかご》に乗り、厳《いか》めしげな供人たちや口入屋を介して雇った渡り中間どもを引きつれて坂道をのぼっていた。

白子屋と坂巻左近兵衛は死んだ。

もはや、後顧の憂いはない。

「むふふ、大名にでもなった気分だ」

外の天気とはうらはらに、心は晴れわたっている。

気力が充実し、何よりも自信が漲《みなぎ》っていた。

仙台の金蔓《かねづる》は失ったが、本丸目付の地位は得た。

新たに金を得る手管など、いくらでもある。

少しだけ、悪知恵をはたらかせればいい。

不正で儲けた金を各所にばらまき、さらに上の地位をめざすのだ。

今までもそうしてきたし、これからもやり方をあらためる気はない。

脇目も振らず、出世街道を驀進《ばくしん》すればいい。

「むふふ、ぬはは」

嗤いあげるや、ふわりと駕籠が止まった。

じっと、耳を澄ます。

まっさきに、駕籠かきや小者たちの足音が去っていった。

「くせものめ」

供人たちが怒声を発し、一斉に抜刀する。

すぐさま、金物のかち合う音と呻《うめ》き声と、供人たちが地べたに倒れる音が聞こえてきた。

すべて、気配でわかる。

襲ってきた相手は、かなりの手練れだ。

刺客を放つとすれば、脇坂安董をおいてほかには考えられない。

「老い耄れめ」

一昨日、神輿に担ぐ堀田正衡が城内で安董に強意見《こわいけん》されたと聞いた。それ以来、正衡は病で寝込んでしまい、見舞いを望んでも会ってさえくれない。はなしの中味はわからずとも、長老ともいうべき脇坂安董に脅しを掛けられたことはあきらかだ。

「やはり、放っておけぬか」

安董を討つと心に決め、池永は垂れを撥《は》ねあげる。

駕籠から降りると、供人たちが地べたに点々と倒れていた。

いずれも血は流れていないので、おおかた、峰打ちだろう。

十間ほど前方の坂の上に目をやれば、小山のような男が佇《たたず》んでいる。

両肩は瘤《こぶ》のように盛りあがり、白い湯気が濛々《もうもう》と立ちのぼっていた。

「おぬし、祭で会ったな」

「いかにも」

「やはり、ただ者ではなかったか。言うてみろ、誰の命で参った」

「誰の命でもない。みずからの意志さ」

「ふん、笑止な。わしは公儀の目付ぞ。刃を向ければ、叛逆罪に問われよう」

「それがどうした」

「やめておけ。あたら命を落とすことはない」

「勝つ気でおるのか」

「あたりまえだ。今日は初登城の縁起の良い日、できれば無駄な殺生はしたくない。さあ、幸運なやつめ、逃がしてやろう」

「余計なお世話だ」

「逃げぬのか。くふふ、恐れを知らぬやつ。されば、掛かってくるがよい。名も無き刺客として死んでゆけ」

「泥牛め、ご託はそれだけか。されば、まいる」

「来い」

池永は両脚をややひらき、長尺の刀を抜きはなつ。

青眼から上段に刀を掲げ、頭上で半円を描きながら、左右の腕を胸のまえで交差させる。さらに、右片手持ちの刀を立てたまま、流れるようにゆったりと動きつつ、両手両脚を大の字にひらいていく。

上半円から下半円へ。

鹿島《かしま》神宮に源流をおく直心影流独特の動き、神主の禊祓《みそぎはら》いにも似た所作で神域に誘いこむ。熟練の型だ。

阿《あ》の口で息を吸い、吽《うん》で止めて下腹の底まで深く沈める。

五体の隅々まで気を漲らせる呼吸法をみただけで、力量の高さはわかった。

慎十郎はしかし、わずかも怯まない。

冷水を浴びて禊も済ませてきた。

すでに、死ぬる覚悟はできている。

池永と同様に、阿の口で息を吸い、吽で止めて気を漲らせるや、はっとばかりに坂を駆けくだった。

ただし、刀は抜かない。

伝家の宝刀を抜くときは、生死を決めるとき。

一瞬で勝負を決める腹積もりでいるのだ。

「やえい……っ」

池永は凄《すさ》まじい気合いを放ち、刀を大上段に構えた。

ゆっくり息を吐きながら、振りかぶった刀の切っ先を斬りさげる。

まるで、影を斬っているかのようだった。

それでも、慎十郎は怯まずに駆ける。

前のめりに雨粒を弾き、生死の間境に肉薄する。

死に直面する瞬間、さまざまな情景が脳裏に浮かんできた。

島田虎之助の豪胆な太刀筋、裸の若い衆が神輿を揉む手慣れた仕種《しぐさ》、さらには、拝郷一馬の目にも止まらぬ抜刀術。頭のなかで何度も繰りかえした絵面《えづら》が、花火のように弾けとぶ。

「すりゃ……っ」

渾身《こんしん》の突きがきた。

泥牛の繰りだす「鉄破」だ。

慎十郎は動じない。

躱しもしない。

「ひょっ」

宝刀を抜いた。

強烈な閃光《せんこう》がほとばしる。

「ぬはっ」

池永の白刃は弾かれた。

示現流の「立」に似た太刀筋だ。

ただし、勢いがまったくちがう。

坂の傾斜と駆ける捷《はや》さが、そのまま乗りうつっていた。

抜刀の機が一寸でもずれたら、慎十郎のほうが串刺《くしざ》しにされている。

「うおっ」

慎十郎は鬼の形相で、相手の鼻面に翳《かじ》りついた。

「わっ、待て」

刀を失った相手が、命乞《いのちご》いをしはじめる。

「わしに従かぬか。の、いいおもいをさせてやる。金じゃ。金はいいぞ。持ってみればわかる。の、考えなおせ」

「下郎め、その必要はない」

慎十郎は腰を落とし、右脇構えに白刃を寝かせた。

「ぬはあ……っ」

気海丹田《きかいたんでん》から、魂魄《こんぱく》を解きはなつ。

「ふえっ」

仰《の》け反る池永修理の顔に、怯えの色が浮かんだ。

生まれてはじめて死を悟った者の顔、それは般若の面をつけたかのような顔だった。

慎十郎にためらいはない。

――ひゅん。

宝刀一閃、横薙《よこな》ぎに払う。

「ぎぇっ」

首が飛んだ。

高々と雨雲の彼方に消え、やがて、力無く弧を描いて地べたに落ち、坂道をどこまでも転がっていく。

落ちついたさきは、藪のなかだ。

すぐそばには、鼻の欠けた石地蔵が佇んでいた。

手向けられた花は萎れ、花の種類すらわからない。

生首が空虚な眸子でみつめるさきは、漆黒の闇でしかなかった。

――ぶん。

慎十郎は血振りを済ませ、暗い空を見上げた。

ごくっ、ごくっと、喉を鳴らして雨粒を呑《の》む。

心の渇きを癒《いや》すかのように呑みつづけ、仙台坂に背を向けた。

十五

麗《うら》らかな秋晴れの夕、慎十郎と咲は溜池《ためいけ》の土手道に沿って赤坂《あかさか》御門に向かった。

このあたりは桐畑と呼ばれ、紫の花が一斉に咲く初夏には土手際に芳香が漂う。

花は散り、葉もかなり落ちてしまったが、木々の狭間《はざま》を吹きぬける風は心地よい。

咲は仙台から戻って以来、ずっと娘の装束で過ごしている。

それはそれで新鮮な眺めだが、慎十郎にはどこか物足りない。

父の敵を討ってからは、憑《つ》き物でも落ちたようになり、道場で竹刀を振りこむ光景もとんと目にしなくなった。

稽古を止めた咲を、一徹は温かい眼差しで見守っている。

「あれもまだ十六の娘じゃからな」

ぽつりと淋《さび》しげに漏らした台詞が忘れられない。

島田虎之助と闘う機会を逸し、あれほど口惜しがったのが嘘のようだ。

触れれば斬りつけるような気性の激しさは、すっかり影をひそめている。

咲は路傍に咲いた撫子《なでしこ》の花を摘み、前髪に挿した。

「どう」

きれいでしょとでも言わんばかりに、微笑んでみせる。

慎十郎は、気恥ずかしくなった。

若衆髷《わかしゅまげ》の凛々《りり》しいすがたがみたいとも言えず、無理に笑ってごまかす。

すると、咲は不意打ちの一刀を繰りだしてきた。

「龍野藩には、芍薬《しゃくやく》に喩《たと》えられる美しい姫君がおられる。お名はたしか、静乃さまでしたよね」

「へっ……だ、誰がそんなことを」

「奥井さまです。何でも、慎十郎さまはそのお方を助けたことがおありだとか」

「四年もまえのはなしだ」

「おや、赤くなっておられる。もしや、そのお方を好いておられるのですか」

「と、とんでもない」

「好いていないと仰る」

「一度きりしか会っておらぬ。好くも好かぬもないわ」

自分でも可笑《おか》しいくらいに動揺し、声がひっくり返ってしまう。

咲はじっとみつめ、にっこり笑ってみせた。

「なら、いいのです」

「何がいいのだ。わけがわからぬ」

「うふふ、妙なことを聞いて、ごめんなさい」

咲はすっと背中を向け、どんどんさきへ行く。

坂をのぼりきり、赤坂御門から青山《あおやま》大路に向かって進めば、無数の星燈籠《ほしどうろう》を眺めることができよう。

青山百人町《ひゃくにんちょう》に住む与力や同心が、家ごとに燈籠や提灯《ちょうちん》を長い竹竿《たけざお》の先端に提げて高さを競うのだ。盆中の回向《えこう》にひと月ほどおこなう行事で、そもそもは二代将軍秀忠《ひでただ》の菩提《ぼだい》を弔うべく、おこなわれたのがはじまりだった。のちの将軍に忠節を褒められて以来、文月の風物詩となった。

ふたりは連れだって、青山大路に煌《きら》めく星を眺めにきた。

水入らずで遠出するのもはじめてだし、慎十郎としては花模様の着物を纏った娘を連れて歩くのもはじめてだ。

嬉しい反面、何となく居心地がわるい。

勾配《こうばい》のきつい坂道をのぼっていくと、からだが汗ばんできた。

夕餉のことが浮かんでくる。

塩漬けにした刺鯖《さしさば》を、花鰹《はながつお》と蓼酢《たです》で食おう。

咲は料理が下手なので、いつも慎十郎が前垂れ姿で勝手場に立つのだ。

煮物は、鶏と牛蒡《ごぼう》にしよう。添え物はずいき、わかめの酢の物もつけて。などと、献立を浮かべていると、先行する咲が振りむいた。

いつのまにか、手に桐の枝を二本携えている。

そのうちの一本を投げてよこし、やにわに、斬りつけてきた。

「いやたっ」

慎十郎は身動きもできず、額にびしっと一発食らう。

「な、何をする」

「ふふ、からだが鈍《なま》ってまいりました。慎十郎さま、星燈籠などみずに道場へ戻りましょう」

「え」

「嫌だと仰る」

「かまわぬが、戻ってどうする」

「稽古ですよ。ほかに何をするというのです」

「稽古を、つけてくれるのか」

「はい」

斎藤弥九郎の練兵館で鼻の骨を折られて以来のことだ。

「ふはは、やったぞ」

慎十郎は躍りあがって喜び、桐の枝を天高く抛りなげた。

枝は茜雲《あかねぐも》のたなびく空に向かって、くるくる旋回しながら飛翔《ひしょう》する。

——あっぱれであった。慎十郎。

天の声は、安董であろうか。

それとも、故郷の父であろうか。

咲の微笑んだ顔が、夕陽を浴びて耀《かがや》いている。

慎十郎は弾むような足取りで、桐畑の坂道を駆けおりていった。


（了）

解説

大矢博子

文庫書き下ろし時代小説が活況を呈して久しい。時代小説読者には嬉《うれ》しいことだが、古くからの読者の中には、最近ブームの傾向が変わってきたことにお気付きの方もいるのではないだろうか。

剣豪小説が、減った。

いや、数えたわけではないので、実際に減っているかどうかはわからないのだが、市井人情もののシェアが増え、相対的に剣豪ものが減っているのは間違いない。

八〇年代、第一次文庫書き下ろし時代小説ブームを牽引《けんいん》したのは、峰隆一郎や鳥羽亮らの書くノワール且つハードボイルドな剣豪ものだった。柴田錬三郎が生んだ眠狂四郎や笹沢左保が描く木枯し紋次郎の系譜に連なる作品たちだ。二〇〇〇年代になると、剣豪小説にお家騒動や家族、人情を加味した佐伯泰英の「密命」（祥伝社文庫）「居眠り磐音江戸双紙」（双葉文庫）といったシリーズが支持を得て、第二次ブームが始まる。その後、〇九年の髙田郁「みをつくし料理帖」シリーズ（ハルキ文庫）のヒットをきっかけに女性作家も多く参入、最近では市井物・職業物の人気が広がっているのは書店の棚でご覧いただく通りだ。

　求められる物語は、時代によって移り変わる。ヒーローが悪を倒す話よりも、身近に引きつけて読める人情ものの方が現代に合っているということかもしれない。ジャンルの幅が広がるのはいいことだし、人情物も面白い。けれど。

　少々、寂しいなあ、と思うのだ。

　円月殺法や燕返《つばめがえ》しなどの秘剣。巌流島《がんりゆうじま》や鍵屋の辻《つじ》のような決闘。宿命のライバル。ここで会ったが百年目の仇討《う》ち。名誉を賭けた御前試合。北辰一刀流《ほくしんいっとう》やら薩摩示現流《さつまじげん》やら。つまるところ剣戟《けんげき》。チャンバラ。それが時代小説の華ってもんじゃないか、なあ？

……と、思っている剣豪小説ファンの皆さん。安心して下さい、坂岡真がいますよ！

　本書は『虎に似たり』『命に代えても』に続く、「あっぱれ毬谷慎十郎」シリーズ第三弾である。

　著者の坂岡真は看板シリーズ「鬼役」（光文社文庫）をはじめ、人情寄りのものからお家騒動もの、あるいは闇の始末人ものなど多くの剣豪小説を精力的に発表し続けている。

　前述のように剣豪小説が少々割りを食った感がある中、がっちり固定読者を摑《つか》んで鮮やかな剣戟を描いてくれる坂岡真の存在は、ファンにとって実に頼もしい。

さて、多様な坂岡剣豪小説の中でも、この「あっぱれ毬谷慎十郎」シリーズは、あまり剣豪小説に馴染《なじ》みのない若い世代に薦めたい作品だと、かねがね考えていた。そう思った理由はふたつある。

ひとつは、まだこれが三巻目という冊数の少なさゆえ、手を伸ばしやすいということ。もうひとつは、剣豪小説には珍しく、主人公が弱冠二十歳の若者であるということだ。

まずは簡単に設定を紹介しておこう。

主人公の毬谷慎十郎は、二十歳の播州龍野の浪人。父への複雑な思いから出奔し、江戸へやってきた。剣の腕が立ち、江戸の名だたる剣客たちを片っ端から打ち倒した慎十郎だが、丹波咲という十六歳の女性にあっさり負けてしまう。以来、慎十郎は、咲と祖父の丹波一徹のもとで修行したいと願っているものの、なかなか受け入れてもらえない。

もうひとり、重要な人物がいる。龍野藩主にして幕府の老中を務める脇坂安董だ。秘密裏に処理したい問題が起きたとき、安董は家老の赤松豪右衛門の提案で、慎十郎を刺客として使おうと考える。

日々の生活の中で慎十郎が巻き込まれるさまざまな事件と、安董が処理したい政治上の問題が絶妙にリンクし、慎十郎がその正義感と剣の腕で悪と対峙《たいじ》する――というのがシリーズの骨子だ。

本書では、まず、脇坂安董のもとに、仙台藩が抜け荷をしているのではという情報が入ってくる。また、咲は父の仇と思われる人物と出会い、積年の恨みを晴らそうとする。一方、慎十郎はひょんなことから無宿人狩りに遭って人足寄場に送られ（この制度については後述する）、そこである悪事の存在を知る。

この三つの要素が絡まってクライマックスへとなだれ込むわけで、構成の巧みさと畳み掛けるような剣戟場面が圧巻の一冊である。


では、慎十郎の造形を見てみよう。

大抵の剣豪小説の主人公は、ストイックな大人である。柳生十兵衛や宮本武蔵、塚原卜伝といった実在の人物はもとより、フィクションの眠狂四郎や子連れ狼《おおかみ》の拝一刀を想像してみればいい。皆、無口で渋い男ばかりだ。

だが、慎十郎は実に若い。そして明るい。伸びやかで自由だ。一八〇センチを超える堂々たる体格。束縛を嫌い、奔放で豪胆。見栄を張らない自然体。女に負けたことを恥と思わず、素直に教えを乞うてらいのなさ。正義感が強く、悪事は見過ごせない。だが人が好《よ》くて物事にこだわらないので、ちょいちょい流されて「あれ？」てなことにもなる。本書で無宿人狩りに遭うくだりなど、その最たるものと言っていい。

この慎十郎のキャラクターが、本書を実に読み心地のいい、剣豪小説に慣れない読者でも入りやすい作品にしている。

私が慎十郎を好きな最大の理由は、剣はめちゃくちゃ強いクセに、あまり頭は使わないというおおらかさにある。とりあえず斬っちゃえばなんとかなるだろ的な、まあ、なんていうか、一言で表すなら単純筋肉バカ（あ、言っちゃった）で、実に可愛《かわい》らしい。それが爽快なのは、慎十郎が私欲では動かないからだ。また、すごい剣客のくせに高いところが苦手だったり、意外と料理上手だったりするところもポイントが高い。

もちろん、初めて人を斬ったときの躊躇《ためら》いや、父への鬱屈はあるにせよ、総じて明るい。障害が目の前にあれば取り除き、困っている人がいれば助け、悪い奴はやっつける——これほど単純で清々《すがすが》しいことがあるだろうか。

現代は、とにかく気を使う。情報ばかり先行して、頭ばかり大きくなって、気づかぬうちに疲れが溜《た》まる。特に、若い人がそんなストレスにさらされている時代だ。そんなとき、二十歳の慎十郎のシンプルな生き方が、とても眩《まぶ》しく映るのである。若いって本来、これくらいまっすぐでいいんだ、これくらい爽快なものなんだ、と。

その一方で、慎十郎と同世代のもうひとりの若者にも注目。龍野藩の横目付、石動友之進だ。以前は慎十郎と鎬《しのぎ》を削った同門の剣士で幼馴染。今は江戸の藩邸に仕えている。

この友之進は家老の娘・静乃に憧れているが、静乃は慎十郎に恋している。おまけに藩主も家老も、側に仕えている自分より浪人の慎十郎の方を買っているらしい。

友之進の懊悩《おうのう》は、もしかしたら慎十郎より読者の共感を呼ぶかもしれない。友之進が手に入れたくて努力して努力して、それでも届かないものを、慎十郎は天性の才能と持ち前の性格でさらりと手にする。友之進を負かしたなどという自覚もない。なぜ自分じゃないのか、なぜあいつなのか。こんなに求めてるのに。こんなに頑張ってるのに。友之進は、そんな気持ちを押し殺して職務に励む。これは……たまらんだろうなあ。

私は第一巻から友之進が気になってならなかった。いつかキレるんじゃあるまいかと。そっと肩を抱いて励ましてやりたい。負けるな友之進。がんばれ友之進。

このふたりの若者が様々な経験をして、このあとどう成長するのか。私はこれが本シリーズの、今後の読みどころだと思っている。もちろん静乃や咲との恋の行方も含めて。


時代背景についても触れておこう。

脇坂安董は実在の第八代龍野藩主。外様《とざま》大名が老中になるということからわかるようになかなかの出来物で、大奥のスキャンダル「谷中延命院一件」を、女性の密偵を使って内偵し解決したこともある。それを知って読むと、第二巻『命に代えても』の大奥の事件への対応が、より味わい深くなるだろう。

家老の赤松豪右衛門は架空だが、赤松という姓は室町時代から戦国期にかけて播磨の地を支配した武将の名前。本書に登場する若年寄堀田正衡のオタク気質は、緻密な鳥類分類図鑑『観文禽譜』を著した父・堀田正敦の造形を反映させたものだ。

人物だけでなく、舞台となったのが天保年間であることにも注目。冒頭に、米の不作が続いて人々が疲弊しているという描写があるが、これは天保の大飢饉を指している。お救い小屋（災害時などの避難所）での炊き出しが日常的だったような時勢だから、それを利用して無宿人（出身地の戸籍をはずれた流れ者や前科者）狩りが行われたわけだ。

狩りに遭ってしまった慎十郎が入れられた人足寄場とは、軽犯罪者や無宿者を収容し、仕事をさせる一種の自立支援・更生施設である。これより古い時代には、無宿人は佐渡の金山などできつい労役に従事させられていたが、寛政年間に、江戸に更生を目的とした寄場が作られた。この制度を提唱したのは鬼平の名で知られる当時の火付盗賊改方・長谷川宣以だ。本書に登場するある人物が火付盗賊改なのも、この史実があったからだろう。

ざっと見ただけでも、史実や時代背景が効果的に物語に関わっていることに気づかれると思う。だがそれが前面に出すぎることなく、あくまでもエンターテインメントとして楽しめるように書かれているところがニクいではないか。剣豪小説に慣れていない若い世代に薦めたいと書いたが、実はマニアが読むとニヤリとする設定がそこかしこにあるのだ。

剣豪小説としての魅力についても触れたかったが、紙幅が尽きた。本書には冒頭に書いたような、さまざまな流派や秘剣、決闘に仇討ち、他流試合に御前試合などなど、時代小説の華・剣戟場面が満載だ。

ぜひ、若い読者に剣豪小説の面白さを知っていただきたい。「あっぱれ毬谷慎十郎」はそれにうってつけの、まさにあっぱれなシリーズなのである。

（おおや・ひろこ／書評家）

本書は、二〇一一年十二月に刊行された
『獅子身中の虫　あっぱれ毬谷慎十郎3』（角川文庫）
を底本とし、一部を加筆・修正しました。

時代小説文庫
さ 20-3

獅《し》子《し》身《しん》中《ちゅう》の虫《むし》 あっぱれ毬《まり》谷《や》慎十郎《しんじゅうろう》㊂

著者 坂《さか》岡《おか》真《しん》

2016年3月18日第一刷発行
2016年5月18日第四刷発行

発行者 角川春樹

発行所 株式会社 角川春樹事務所
〒102-0074 東京都千代田区九段南2-1-30 イタリア文化会館

電話 03(3263)5247[編集] 03(3263)5881[営業]

印刷・製本 中央精版印刷株式会社

フォーマット・デザイン＆シンボルマーク 芦澤泰偉

ISBN978-4-7584-3988-6 C0193

http://www.kadokawaharuki.co.jp/[営業]
fanmail@kadokawaharuki.co.jp[編集] ご意見・ご感想をお寄せください。

時代小説文庫

ハルキ文庫

坂岡 真の本

命に代えても

あっぱれ毬谷慎十郎〈二〉

血も涙もない
稀代の悪女。
大奥で起きた
「神隠し」の
真相が暴かれる!!

待望の第〈四〉巻、
2016年4月に新作
書き下ろしで登場。
放浪癖のある兄・慎九郎が現れ、
毬谷兄弟の剛腕が唸る!

江戸へ出てきてわずか数日で、十指に余る剣術道場を次々に破り、その名を広めた慎十郎。ある日、江戸城内では西ノ丸が丸ごと焼失する大惨事が起きた。その日の晩に西ノ丸大奥を取りしきる御年寄・霧島が関わっている賭け香が行われていたという。慎十郎は思いがけない出会いから、伏魔殿大奥に潜む澱んだ闇に巻き込まれていく。凄腕の若き侍が捨て身の覚悟で悪を裁く!

剣客同心㊤
鳥羽 亮
隠密同心長月藤之助の息子・隼人は、事件の探索中、
謎の刺客に斬殺された父の仇を討つため、
事件を追うことを決意するが——。待望の文庫化。

剣客同心㊦
鳥羽 亮
父・藤之助の仇を討つため、同心になった長月隼人。
八吉と父が遺した愛刀「兼定」で、隼人は父の仇を討つことはできるのか!?
傑作時代長篇、堂々の完結。

(書き下ろし) 弦月の風 八丁堀剣客同心
鳥羽 亮
日本橋の薬種問屋に入った賊と、過去に江戸で跳梁した
兇賊・闇一味との共通点に気づいた長月隼人。
彼の許に現れた綾次と共に兇賊を追うことになるが——書き下ろし時代長篇。

(書き下ろし) 逢魔時の賊 八丁堀剣客同心
鳥羽 亮
夕闇の瀬戸物屋に賊が押し入り、主人と奉公人が斬殺された。
隠密同心・長月隼人は過去に捕縛され、
打首にされた盗賊一味との繋がりを見つけ出すが——。

(書き下ろし) かくれ蓑 八丁堀剣客同心
鳥羽 亮
岡っ引きの浜六が何者かによって斬殺された。
隠密同心・長月隼人は、探索を開始するが——。
町方をも恐れぬ犯人の正体と目的は？　大好評シリーズ。